深海沉默

路文彬 著

北京日报出版社

图书在版编目（CIP）数据

深海沉默 / 路文彬著. — 北京：北京日报出版社，2021.11

ISBN 978-7-5477-4115-3

Ⅰ. ①深… Ⅱ. ①路… Ⅲ. ①长篇小说－中国－当代 Ⅳ. ①I247.5

中国版本图书馆 CIP 数据核字（2021）第 212866 号

深海沉默

出版发行：	北京日报出版社
地　　址：	北京市东城区东单三条 8-16 号东方广场东配楼四层
邮　　编：	100005
电　　话：	发行部：（010）65255876
	总编室：（010）65252135
印　　刷：	武汉楚商印务有限公司
经　　销：	各地新华书店
版　　次：	2021 年 11 月第 1 版
	2021 年 11 月第 1 次印刷
开　　本：	787 毫米×1092 毫米　1/16
印　　张：	14.25
字　　数：	192 千字
定　　价：	68.00 元

版权所有，侵权必究，未经许可，不得转载

目录

1. 海豚 / 001
2. 日记 / 015
3. 大海 / 030
4. 闺密 / 047
5. 早恋 / 061
6. 回家 / 076
7. 弃儿 / 098
8. 伤逝 / 113
9. 远方 / 131
10. 深度 / 144
11. 霍珀 / 160
12. 怨妇 / 178
13. 道别 / 196

尾声 / 215

后记 / 220

1. 海豚

两岁了，他走起路来依然像蹒跚学步时的样子，母亲盯着他的瞳仁看了良久，想知道他的眼睛是不是出了问题。这双眼睛幽深一片，看不到尽头，她的心猛地一沉，整个身体随之失重似的漂浮起来。直到漂浮进医院，直到那个眼科专家关掉裂隙灯，一本正经地告诉她一切都很正常时，她的失重感才开始慢慢消失。

出差回来的父亲难得领儿子在小区里散一次步，他似乎也注意到了这个问题。他摸摸儿子的头，担心这孩子的小脑是不是发育得不够好。如果真是小脑有问题，那又该怎么办呢？要不要先去医院检查一下呢？但他现在太忙，只能等有空再说吧。说不定，过一阵子也就好了。小孩子的变化总是很快的。

又一年过去了，他走起路来还是跌跌撞撞的，还是不少摔跟头。这下母亲真有点急了，她又盯着他的腿看来看去，摸来摸去，怀疑问题是出在了腿上。望着那些和他年龄相仿的孩子在草坪上蹦蹦跳跳，她轻叹了口气，抱起他又去了一趟医院。

等了一上午，片子出来了，医生说不是腿的问题，建议她再去神经内科看看。她实在太累了，加之拥挤的人群让她喘不过气来，一阵阵恶心，她没有采纳医生的建议。

她把儿子送到他爷爷那里，自己回家利用午饭的时间睡了一觉。醒来后，她吃了两块儿子的饼干，又喝了一杯儿子的奶粉，想想，决定再带儿子去一趟医院。他们两家仅隔着两栋楼的距离。

神经内科的医生仍旧让她一无所获，但是他安慰了她，说不必担心，只是运动能力相对于同龄的孩子显得弱了些而已，以后注意加强这方面的训练即可。在医生和母亲交流期间，他的眼睛一直瞪着窗台上那个蓝色的海豚毛绒玩具。这只海豚比所有的海豚都蓝，是碧空之下大海的颜色，在阳光的照耀下，它把周遭的一切都染成了自己的颜色。医生是蓝的，妈妈是蓝的，桌椅是蓝的，墙壁是蓝的。

当母亲拉住他的小手准备离开时，他的目光不为所动，脖颈执着地后扭着。医生微微一笑，拿起那只海豚放到他的手里。

母亲说："海童，你要说谢谢！"

海童不说，眼睛仍一眨不眨地瞪着手里的海豚。

医生说："不谢。"拍拍他的肩膀，接着说道："这孩子的眼睛真是好看，简直就像湖水一样。"

母亲把海童抱起，端详片刻他的眼睛，心向无底的湖水沉去。

现在，她也开始瞪着这只海豚发呆，这只海豚让她发现了什么，那是远比儿子的腿脚更让她感到害怕的东西。

儿子一刻也不能离开这只海豚，吃饭睡觉都要搂着这只海豚，这也罢了，问题是一向不爱说话的儿子突然变成了话痨。可说是话痨，你又听不见他在说些什么；每天，他就固守在客厅那个角落里的地板上，冲着海豚没完没了地嚅动着嘴唇。

"海童，你在说什么呢？也说给妈妈听听，好不好？"

海童并不理她，继续自己无声的话语。如果她再问，他便索性停止嘴唇的嚅动。不过，从他的眼睛里，她仍能看出他在对海豚说着什么。他说的是什么呢？他的嘴唇再次嚅动起来，她随即想起，有些失聪者可以读懂唇语。

隔壁单元小蔡的儿子跟海童同岁，小蔡曾不止一次说过海童跟别的孩子不太一样。如今想来，那话里是有话的，那眼神也是有些异样的。当初，她并未在意，只是觉得海童随他爸，他爸向来就是个话少的人，一天不说一句话也绝属正常。他爸的爸也是。

她和海童爸爸结婚已近七年，听公公说过的话总共不会超出七句。微笑就是他的语言，不论你对他说些什么，他总是用微笑来应答，要不就是点头或者摇头。自从去年婆婆病逝后，他的微笑语言便彻底弃用，仅剩下点头和摇头。

她习惯了沉默，尽管她自己不是个喜欢沉默的人。海童爸爸开始追求她那会儿，她根本就不看好他，她的舍友们也不看好。当时还有另一个男生也在追求她，比她高一年级，比他又高又帅，还比他能说会道。谁都能从一开始就看出结局。

然而最终，她却接受了他。他比他说得多，他比他做得多。他让她激动多，他让她感动多。下雨了，他撑着伞站在图书馆门前等她；她胃痛了，他把药送到寝室里。他陪她逛街，她看中了一件大衣，穿在身上光彩照人，照得他神情迷离。翻出价签一看，她不禁吐了下舌头，乖乖将大衣放了回去。他也翻出价签扫了一眼，没有任何表情。

第二天上午，那件紫色的羊绒大衣便出现在了她寝室的床上。她根本用不着选择，因为她根本无法拒绝。谁能拒绝感动？哪个女人能拒绝一个愿意卖血为你购买这样一件大衣的男人？

他是不帅，但也不丑，他是不高，但也不矮；就是寡言少语，也该算作个优点吧。本来她的话就多，再找个话多的丈夫，岂不要争吵上一辈子？仔细想想，她倒是真心喜欢不爱说话的男人。如果不是遇到他，她或许永远不会意识到这一点。

毕业前一年，他告诉她，他家乡的一所大学需要她这个专业的硕士，于是她便投去一份简历。不久，她即接到面试通知，是他陪着她去的。他的家乡是座海滨小城，宁静宜人，她一眼就能洞见这座城市同他身上的某种东西有着必然性联系。

她喜欢这座城市，也许是因为喜欢他的缘故。想到此后一生可能将永远生活在这里，她的泪水一发不可收。他站在她的旁边一动不动，默默望着远处的海，听她纵情哭泣。他不明白她为什么要哭，她也不明白自己为什么要哭。她总要归属于一个男人，归属于一座城市，现在她找到了这个男人，找到了这座城市，那为什么内心忽然又充满悲伤呢？

她哭了许久，等她哭完，他伸手拦下一辆出租车。

"这是去哪儿？"她问。

"回学校。"他说。

她"噢"了一声，以为他是要带她去见他的父母。难道他不该带她去见见他的父母吗？第一次，他让她感觉到了他的与众不同。

所以，海童的些许异常才没有令她大惊小怪，她想，他不过就是跟他的爸爸一样与众不同罢了。他不是哑巴，只是不爱说话，他喜欢一个人玩，只是因为性情内向。内向不是缺陷，相反，她认为内向是一个真正男人应该具有的品格。

但是此刻，整天对着海豚自言自语的海童好像变得不那么内向了，这显然不大正常。丈夫出差回来，她把自己的担心吐露给了他。

他没说什么，对儿子进行了整整两天的观察后，提出应该去找医生看看。

因为不放心，他们跑了三家医院，但每家医院的医生都确诊这孩子是自闭症，只是程度有所不同而已。他们仍不放心，又去了一趟北京，那位权威专家给出的结论是中度自闭症。

双腿无力的她硬撑着走出医院，在马路旁的一条长椅上重重落下。她一边抱着海童流泪，一边自问自己到底在哪里出了错？她无助地望了丈夫一眼，他怎么开始抽起烟来啦？

她没有向丈夫求助的习惯，如果他能够做什么，他总会主动做的。就像他如果想说话，他总会主动说的，否则，你跟他说得再多，他也不会回应你一句。

她只能一遍遍问自己，我该多为海童做些什么呢？对于医生或专家们的那些建议，她没有太大的信心。从她查阅的大量相关资料来看，这种病情的治愈结果毫无乐观可言。

突然，他说话了："咱们再领养一个吧。"

这话让她震惊，更让她愤怒，愤怒得说不出话来。什么意思？你是想彻底放弃海童吗？要用一个和我们毫不相干的孩子来替代海童？

"再领养一个女孩，让她跟海童做伴，也许将来还能照顾一下海童的生活。"他凝视着烟头长长的灰烬，仿佛在自言自语。

她将脸埋在海童的胸前，泪水浸湿了他的衣衫。熟睡中的海童和醒着时一样的安静，一只手死死抓着他的海豚。当她抬起头时，天色已趋深沉，而灯火尚未点亮；她蓦然意识到，这就是自己未来生活全部的色彩了。没有希冀，唯有挣扎，全力以赴应对着每一个此刻。

烟头上那长长的灰烬终于脱落，像一次小小的雪崩。

雪崩是蔓延性的，从他们身上蔓延到了父亲身上。他们刚回到家里，物业工作人员便找上门来。他的父亲从七楼坠下，遗体已被运至东郊殡仪馆。

坠下？还是跳下？他急忙跑到父亲的家里探个究竟，首先闯入他眼帘的是餐桌上的一张红色存折和垫在下面的一张白纸。白纸上写的是取款密码，存折里还有两张定期存单。

南北两个房间的窗户他都检查了一遍，结果判断父亲是从北面厨房外的露台上一跃而下的。厨房的门没有关，栏杆上有斑驳的新鲜擦痕。他向下望去，草地上依稀有一滩发黑的血迹。

他猜测父亲之所以选择从这里跳下去，是免得惊扰到邻居们。这里是一大片绿化带，被围墙挡着，平时基本无人从这里路过。而南面则是小区的广场和主干道，几乎人车不断。但他猜测不出父亲究竟何以要寻短见，他实在回想不起来父亲生前的哪些表现流露出了轻生的迹象。相比于取款密码，他更希望父亲能在这张纸上给他写下哪怕只言片语。猜不出父亲的自杀动机令他感到痛苦，深深的痛苦。他想责怪父亲，却又觉得应该责怪的是他自己。

他暂时忘记了儿子的病情，脑子里全是死去的父亲。父亲火化那天，他特意让海童见见父亲的遗容，告诉他以后再也见不着爷爷了。海童的目光在爷爷脸上停留了一刹那，随即又回到海豚的身上。他顿时悲从中来，相信这孩子真是完了。爷爷是三年来陪伴他最多的人，也是最宠爱他的人，而他对爷爷竟然如此冷漠。难道只是因为他对死亡一无所知吗？此情此景，一个正常的孩子想必不会像他这样无动于衷吧。

不，不是无动于衷。离开殡仪馆的海童两天没有吃饭，只是一直搂着海豚睡觉。到了第三天中午，他才睁开眼睛，朝妈妈嚅动起嘴唇。

"你是饿了吗？"她问。

海童点头。

"不要点头，好孩子，说话，说我饿了。"

他又嚅动起嘴唇。

"不要光动嘴唇，说出声音来，海童是个好孩子。"

较量几个回合，海童终于妥协，艰难地吐出一个字："饿。"

她长舒一口气，眼泪夺眶而出。这是喜悦的哭泣。

他提起拉杆箱，走到门前。

她丢下没给海童读完的书，问："你要去哪儿？"

"出差。"

"先不要出差了，陪陪孩子。"

"孩子不是没事了吗？"

"没事了吗？"她忽然瞪大眼睛，像是在看着一个闯入宅中的陌生人。

他僵立在那里，低着头，似乎在思考着什么。许久，他缓缓转过身来，将拉杆箱拎回衣帽间。

她盯着他的后背摇了摇头，这个男人的与众不同终于让她感到了受伤。她不得不承认，与众不同和怪异其实压根就是两码事。她不能说自己被骗了，只怪年轻时的自己懂得太少。

本打算让海童晚一两年再入园，眼下看来是不行了，短时间雇到一个可靠的保姆没那么容易。她在怀孕时就开始着手了解周边的幼儿园，一心要给孩子最好的教育，就连可能的学区房都物色好了。可现在这一切都没有了意义，只有孩子的健康才最重要。

她带上海童去小区幼儿园报名，这是家私立幼儿园，不像公立幼儿园那么挑剔。如果是公立幼儿园，像海童这种情况肯定是要被拒收的。以前她想的是托人把海童送到本市最好的公立幼儿园去，如今小区这家幼儿园肯接收，她便谢天谢地啦。

她如实跟园长交代了海童的情况，园长有些犹疑，她只好向园长一再承诺，不管海童发生什么意外，她都不会追究园方的责任，一切后果由她承担。

园长说要是她同意将自己的承诺写进合同里，那她们就可以考虑尝试接收海童。

她当然同意，她满怀感激地在合同书上签下自己的名字。顾不了那么多啦，能让海童融入正常的集体生活，这是她唯一的救命稻草。她心里十分清楚，海童只有按照一个正常孩子的节奏成长，方才可能不至于变得越来越糟。

1. 海豚

海童第一天入园的情况令她无比欣慰，当老师说海童除了不说话，行动有些迟缓，别的基本没有什么问题时，她的泪腺再一次活跃起来。这不单是喜悦的哭泣，也是感激的哭泣。痛苦让她学会了感激，感激稀释了她的痛苦，她在痛苦中变得尤其专注了。以往的许多想法在瞬间消失，她全部的思想和感情都集中在了海童的不幸上。当然，她认为这更是她自己的不幸，她注定要为此失去太多太多的东西。

他又提起了那个收养的话题，她思前想后，确定这不失为一个好办法。家里有个玩伴，对改善海童的状况或许会起到积极的作用，至少不会有什么坏作用吧。

他们一起去了福利院，但是那里的工作人员却告知他们并不符合收养条件，家庭收养的前提之一是没有子女。他们失望而归。

他说问问他哥有没有办法，他哥在市公安局工作，是个副局长，平时家里遇到什么事情，都习惯找他出面帮忙。

她以为他哥会去福利院疏通关系，然后再让他们去挑选孩子，办理领养手续。哪想到，一星期后，他哥竟开着三轮摩托车直接把孩子送了过来。

"你叫什么名字？"她问。

女孩怯生生地望着她，不停摇头。

"你几岁啦？"

女孩还是摇头。

他哥说："据说是五岁，不知道叫啥名字。"

她问："是从福利院领来的吗？"

"不是福利院的，"他哥说，"农村的，家里女孩太多，还想要男孩，就想把这个给出去。给了几家，人家都嫌大，又给送了回去。"

"要钱吗？"她问。

他哥摇头："哪能要钱？那不成贩卖儿童啦？违法的事咱可不干。"

她上下打量着这女孩，明显还有些顾虑。

他哥问："你们也嫌大？"

"倒不是，"她说，"就不知道以后……万一……会不会有什么纠纷……"

"放心吧，不会的，中间经过好些个人介绍过来的，彼此都不认识。"

她摸摸女孩红扑扑的脸蛋，用手指抚弄好她凌乱的头发，然后一把将她揽在怀里。她的心情有些复杂，又想哭。

她抬头看了他一眼，说："我们必须把这孩子视如己出。"

"她是我们的女儿。"他说。

"就叫她海心吧。"她说。

"欣喜的欣？"

"心灵的心。"

"好名字。"他哥说。

"你好，海心。"她摇晃着她的肩膀问候道。

海心嘴一咧，"哇"地大哭。

她把海心紧紧搂在怀里，一只手不停轻拍着她的后背："这就是你的家啦，海心，你喜欢吗？"

"我要回家……我要回家……"海心哭喊着。

已经春天了，海心仍旧裹着一件看不出底色的发黑的棉衣，一只鞋子已经开胶。等海心的情绪稍稍平复下来，她给海心洗了把脸，带上她去附近的服装街买衣服。

在挑选衣服时，她发现了一个问题，问完那条好看的裙子的价格后，她忽然变得有点迟疑，而以往给海童买衣服时，她是从来不介意价格的。对海童，她比对自己要舍得得多。

不是说要视如己出吗？看来想做到这一点真没她想象得那么容易。迟疑之后，她的理智说服她把这条昂贵的裙子买下。事实上，她并不觉得这条裙

1. 海豚

子能对得起它的价格。

　　大大小小的纸袋提满两只手，可以回家了。见海心在眼巴巴瞅着路边那一串串鲜艳的冰糖葫芦，她给她买了一串。海心握在手里，用舌尖一点一点地精心舔着。她笑了，笑得有点心酸，海童吃起东西来总是狼吞虎咽的。

　　眼前街道的两边都是饭店，阵阵香味提示着她饿了。她停住脚步，四下里张望一下，路对面有个公用电话厅，她吩咐海心在原地等着，但突然又改变了主意，用提着纸袋的手护着海心走过去。

　　她往家里拨了一个电话，告诉他她们在外面吃了，冰箱里有昨晚剩下的排骨饭，他可以用微波炉热一下，下方便面也可以。

　　她指着那些饭店的门牌，问海心："你想吃什么？宝贝。"

　　海心只会摇头。

　　"我们吃海鲜火锅怎么样？"

　　海心没有摇头，也没有点头。

　　"那就这么定啦，妈妈请海心吃海鲜火锅吧。"

　　餐桌上的海心像是换了一个人，吃相可比海童要凶猛得多。这孩子简直像好几天没吃过饭似的，她的心底涌过一阵恨意，恨海心的父母。

　　"慢慢吃，宝贝，别着急，还有好多菜在等着你哪。"

　　直到海心吃着吃着，将她剥好塞进她嘴里的那只大虾吐了出来，她才意识到自己给这孩子吃得实在过多啦。她赶紧用纸巾给海心清理嘴巴和衣服。

　　她盯着海心看了好一会儿，思忖着要不要送她去医院？但是海心发红的双眼渐渐恢复了正常，神情也随之放松下来。

　　"我们回家吧。"她说。

　　临走，海心又回头看了看那两盘没有吃完的鱼丸和牡蛎。

　　回到家，她将海心的衣服从里到外统统换下，给她洗了个澡。天哪，这孩子除了脸和手，全身如牛奶一样的白。搓去那厚厚的一层灰泥，这牛奶即刻泛出耀眼的光泽。

"哇,好香的牛奶呀,快给我喝一口。"她抓住海心的胳膊放到嘴边。

海心笑着大叫起来,这开心的笑鼓舞了她,她又开始吻起海心的脚丫。怕痒的海心在浴盆里疯狂扑腾起来,溅得她全身是水。

给海心穿上新买的衣服和拖鞋,海心顿时就变成了一个全新的人。上午那个羞怯紧张的小姑娘再也不见了,她们之间已找不到丝毫的联系。

看见从卫生间走出来的海心,他吃了一惊,脱口而出:"好漂亮呀!"他尽力压低着嗓门,但脸上的笑意却是压抑不住的。

"叫我爸爸,海心。"他说。

海心不叫,把嘴唇抿得紧紧的。

"叫我妈妈,海心。"她说。

海心也不叫,但嘴唇抿得不那么紧了。

她把海心换下的旧衣服放进洗衣机里。

"还洗它干吗?直接扔了吧。"他说。

"还是给她留着吧。"

她将海心领进海童的房间,指指那张高低床,说:"你先睡这里,过两年,你可以睡上面,让海童睡下面。或者,你还睡下面,让海童睡上面。"

现在看来,当初买下这种床还是有远见的。这是她的主意,那时只是为了好玩,为了满足自己的一颗童心。她拿起书桌上的一个相框,指着里面的照片,说:"这就是海童,他是你的弟弟,比你小两岁。你喜欢这个弟弟吗?"

海心没有任何表示。

"你先在这里玩吧,等一会儿咱们一起去幼儿园接海童。"

她回到卧室,躺下时才感觉到倦意像水一样吞没了自己的身体。不过,她的心却浮在了这水的上面。海心带给她的忙碌是充实的,甚至让她暂时忘却了海童盘绕在她心头的忧伤。她正想沉沉睡去,忽又问起自己:我是把海心

1. 海豚

当成某种依靠了吗？我应该依靠她吗？在未来的成长中，海心难道不会遭遇她自己的问题吗？

她顿时没有了睡意，坐起来靠在床头，听了听客厅的动静，他在干什么呢？

"丛志……"她喊道。

没有回音。

她又喊了一声，还是没有回音。

她来到客厅，他没在这里，书房里也没有，海心一个人在玩着海童的积木。

她又来到阳台，发现了他的半截身体，另一半伸出在窗外。

"你要干什么？丛志！"她惊叫着冲过去。

他把上半截身子缩回来，不解地看着她："怎么啦？"他的手里掐着一根香烟。

"你怎么抽起烟来啦？"

他摇摇头，未置可否。

"你最好还是别抽，我受不了烟味。"

"我这不是在窗外抽嘛。"

"那也不行。"

她一回头，发现海心站在门口望着他俩。

"海心，跟爸爸去接弟弟吧。"她招呼道，又对他说："你们去接海童，我做饭。对啦，跟你哥说，尽快帮把海心的户口办下来，需要多少钱，咱们掏就是。"

他把没抽完的烟在花盆里捻灭，直接扔在了那里。她不满地瞟了他一眼，将它拣出丢进垃圾桶里。

他和海心正要出门，她忽然叫住他们："等等，还是我去吧，你先把米饭焖上。"

她想到海心也要入园，正好带她去跟园长说说这事。

见园长之前，她们先接了海童。当她告诉海童他有了个姐姐时，海童低着头，狠狠地一把将海心推开。

"怎么可以这样对待姐姐？"她制止道。她看了一眼海心，说："拉着弟弟的手。"

海心去拉海童的手，海童没有拒绝。她拉起海心的手，朝园长办公室走去。海童的另一只手里攥着他的海豚。

海心入园没有任何问题，只是在提到学费时，她想到了问题。以后家里的支出又要多出一笔啦，这可是被她一开始忽略了的。要是他还在以前那个单位工作，怎么都好说，而眼下就不怎么好说啦。他拿走了她的安全感。

他原来在报社工作，有身份有待遇，就因为竞聘副总编失利，一气之下辞了职，竟然都没同她商量一下。他认为那是他自己的事情。他始终就活在他自己的世界里，即便结了婚，他也没有走出自己的世界。而她，则恰恰没有自己的世界，或者说，她认为自己应当和他在同一个世界里，但是她却走不进他的世界。

这个家就是她的世界，可这个家又不仅仅属于她一个人。这个家只是赋予了她责任感，尤其是在海童出生之后，但它却没能赋予她所需要的归属感。一个没有归属感的家还能称之为家吗？对她而言，家就是一个时间的概念，没有空间。她无法在这里安定下来，她感受到的总是不断的漂移，这漂移即是消逝。

把海童送进幼儿园的那一天，她的心一下子空了，这个家也一下子空了。打开门，她没敢进屋，重又带上，匆匆离去。

走着走着，她竟然走到了自己的学校，这才意识到已经走了这么远，平时是要坐九站公交车的距离。到学校来干什么呢？今天又没有她的课。

1. 海豚

在校园里绕了一圈，她走不动了，在操场边的看台上坐下，望着空空的跑道发呆。跑步是她学生时代最喜欢的健身项目，但自从结婚后，她再也没有跑过了。婚姻改变了她的生活，而且改变得这么彻底，已然完全超乎她的想象。

她不想怪他，要怪也只能怪她自己，没把恋爱谈得再久一些，那么快便答应了他的求婚。她一直自信自己是个有主见的人，而爱情却让她的主见现了原形。不过想到海童，要想不怪他似乎并不那么容易。海童不就是一个极端化的他吗？他太像他们丛家人了，一点都不像她。想到这里，她忽然好像找到了答案，海童的问题应该不属于她的过错。可是，她因此就能解脱了吗？她不由自主地摇摇头，感到了羞愧，也许在潜意识里，她并非一个勇于承担责任的人。

无论前方多么黑暗，那终究是自己的光明所在，她必须勇往直前，回头将是万丈深渊。她能够隐隐感觉到，后退的光明里隐匿着的其实是黑暗的核心。于是，她坐上回程的公交车。

然而，看见他还倒在沙发上，那么一副失魂落魄的样子，她突然想发火："你出差去吧。"

本还想说些什么，她用力咬了下嘴唇忍住了。

他从沙发上坐起，一声不吭地走开去。

她等待着门响，但是门始终没有响。最后，是她再次走了出去。

她走到门口的菜市场，瞅一眼腕表，早到了午饭的时间，她一点都不觉得饿。可他不觉得饿吗？

"瞧这竹笋多新鲜！刚上市的，来点吧？"小贩殷勤地冲她点着头。

她停下脚步，掏出兜里的钱包，竹笋是他喜欢吃的。中午除了一个竹笋炒肉丝，再做些别的什么菜呢？

2. 日记

结婚后，姜之悦有了写日记的习惯；现在翻翻，不少事情都淡忘了，这让她不免有些惶恐，自己的记忆力退化得有这么快啦？连几年的时间跨度都胜任不了吗？她盯着日记本的粉色封面看了好一会儿，回想着它的来历。这个她还记得，那个和丛志一起追求她的学长送给她的。他还好吗？高高的个子、飘逸的长发、目空一切的眼神……

1995年5月16日　大风

丛志已经开始发福，裤腰上的纽扣都扣不上了，拉链绷得紧紧的，真担心他在众人面前出洋相。

约他一起去华威商场买衣服，他总是说"再说"，"再说"了大半年，还是"再说"。刚认识他那会儿，他对穿着可是蛮讲究的，整天人模狗样的，后来就变得越来越邋遢啦。

今天上完课，我索性自己去了，顶着大风。

逛商场时的心情真是好，好得我都醉了，试来试去，竟忘了是来给他买衣服的，倒是先给自己买了两件。对不起，亲爱的，请原谅我的自私。不过，给你买的两条裤子可远比我的两件衣服要贵哟。

打算走的时候，又看见模特身上的一件红T恤格外抢眼，丛志穿红色的上衣特别显帅。

导购说这件T恤是丝光棉新品，价格稍显贵。我瞟了一眼价格，岂止稍显贵？但我还是决定买下。只是，可不能告诉他有这么贵。否则，他真不会穿。

晚上，让他试衣服。他拿在手里看了又看，问我很贵吧？我说不贵，报了个五折的价，他才爽快穿上。正合身。

我问："喜欢吗？"

他说："谢谢！"

我说："不用谢，努力赚钱吧。"

他立刻瞪大了眼睛："你不是说不贵吗？"

哈哈，不知是我不会说谎？还是他不好骗？

……

读到这里，姜之悦不禁笑出了声，看来那时的日子还挺开心的嘛。

丛志的那件红T恤她当然能记得，至于当时给自己买的两件衣服她确实想不起来了，这可能是她给自己买衣服太多的缘故吧。

翻过去几页：

1995年7月25日 晴

大学期间酝酿过一个去新疆旅行的计划，一个人的旅行，但却一直没能说走就走。后来想，两个人也可以，但那个人一定得是我的男朋友。可是，那个人迟迟没有出现，所以，这个计划也就迟迟没有实现。

读研时，遇见了他。我说我想去新疆旅行，他说他陪我去。我心想，那我就答应嫁给你。

然而，接着我就把这事给忘了，光顾着和他谈恋爱啦。直到快毕业时，我才向他重提起新疆旅行的事，他说现在多忙，又要写论文，又要找工作，还是等毕业后再说吧。

他的说法好像不是没有道理，但是两个人的一次毕业旅行不是也很有意义吗？

昨天夜里，不知为什么，总也睡不着，莫名其妙地又想起了新疆旅行。我有好久没出过远门了。

今早醒来，我对他说："暑假咱们去新疆吧。"

他半天没有吭声。

我又说了一遍："丛志，这个暑假咱们去新疆吧。"

"再说。"他说。

去你的"再说"！丛志，你这个大骗子！

不管怎么说，我一定要在生孩子之前去趟新疆，等有了孩子，估计一时半会哪里都去不了啦。

再翻过去几页：

1996年11月11日 阴

他？

他！

他……

这之前每一天记载的几乎都是跟他有关的事，随后她怀孕了，腹中的胎儿开始成为她日记的主题。

1997年1月17日 晴

今天是个好日子!

早孕试纸检测呈阳性,试了两次都是阳性,我终于怀孕啦!我要当妈妈啦!

亲爱的宝贝,欢迎你的到来!该给你取个什么好听的名字呢?等你爸爸回来,我要和他好好商量一下。

1997年3月10日 晴

宝贝,妈妈今天好烦。你爸爸突然就把工作辞掉了,事先都没跟我说一声。他不该跟我说一声吗?我不是他的妻子吗?他不需要为这个家负责吗?即便不为我考虑,也总得为你考虑呀,你说对不对?

我真不喜欢你爸爸这个样子,你可不要随他哟。

好吧,没关系,宝贝,有妈妈在哪,妈妈绝不会让她的宝贝受任何委屈。

相信妈妈,宝贝。

1997年9月20日 小雨

宝贝,预产期已经到了,你怎么还不出来呢?你知道妈妈有多想见你吗?难道你就不想见妈妈吗?

妈妈给你准备了漂亮的小衣服,还有带旋转木马的婴儿床。

此刻,妈妈就坐在你的房间里,你的房间被爸爸粉刷成了绿色,墙上有星星和月亮形状的壁灯,漂亮极了!妈妈猜你一定会喜欢的。

你的窗外有一排石楠,春天是红色的,像一簇簇火焰,到了夏天就变成绿油油的啦,跟你的房间一样。有时会产生一种错觉,以为它们就长在你的房间里。

你的房间里没人的时候,窗台上会栖满喜鹊和麻雀,叽叽喳喳个不停,像是在开会。只要我一进来，它们立刻就散会……"

姜之悦合上日记本，海童出生后，她的日记便没再写过了。记下的那么多事情都忘了，没记下的便永远遗忘了。想来未免遗憾，她真该为海童多记下些什么。现在还有海心。

这时，她忽然听见海心一声大哭。

姜之悦扔下日记本，急忙冲过去："怎么啦？海心。"她瞧见海心的眼角有一道血印。

"妈妈，海童打我……"

她一愣，这是海心第一次叫她"妈妈"。

"你怎么能打姐姐呢？海童。看，都打出血来啦。"说着，她领走海心，打开客厅的五斗橱，翻出创可贴。

"疼吗？宝贝。"她问。

海心委屈地直点头。

"对不起，一会儿就不疼了。"她将海心搂进怀里，"弟弟因为什么打你？"

"他不让我摸他的海豚。"

"咱们不玩他的，咱们有的是玩具可以玩。"

海童面对着墙角，把海豚在地板上推过去，抓回来，推过去，抓回来，乐此不疲。

"海童？"

海童跟没听见似的。

"海童？"她释放了点威严。

威严没有效果。

她上前一把将他拽出房间，让他面对着海心。

"快跟姐姐说对不起。"

2. 日记

海童不说。

"你要是不说，妈妈就没收你的海豚。"她恐怕他听不懂"没收"的意思，又补充了一句："妈妈就拿走你的海豚。"说着，她把手伸向他的海豚。

海童将头一扭，双手紧紧捂住海豚。

"快说对不起。"

海童动了动嘴唇，眼睛望着别处。

"姐姐听不见，要说出声音来。"

海童就是不说。

"那我就要收走你的海豚。"她拽住海豚的尾巴。

海童的脸涨得通红，眼睛死死盯着手里的海豚。

"大声说，对不起。"

"……起。"僵持半天，海童终于喷出这么一个字。

她松了手，没忍再逼他。

"听见弟弟向你道歉了吗？"她问海心。

海心大度地点了点头。

"那就原谅弟弟吧，好吗？"

"好。"

"谢谢海心！海心是个好孩子。"

海童又回到自己的房间里，他现在不喜欢在客厅那个角落里玩了。

"好好跟弟弟玩去，海心，妈妈出去买菜。"

她换好衣服，正要出门，就听见海童的房间里传出奇怪的叫声。她驻足听了片刻，判断这声音不像是某个玩具发出的。她走过去，原来这声音是海童制造的。

"海童，你怎么啦？"

海童毫不理会，继续制造着短促、尖细的叫声。

她蹲下身来:"宝贝,你不舒服吗?告诉妈妈。"

"海童怎么啦?"海心问她。

她摇摇头,不知说什么好。

他睁着惺忪的睡眼走了过来,衣服还没有穿好,领子掖在里面,后脑勺上的头发看上去像鸟窝。

"没什么,他在学海豚叫。"他说。

"海豚?"

他走到书房,打开刚买来没两天的电脑,连上电话线,在互联网上搜索出一个海洋馆的视频。

"你过来。"他喊道。

她走过去,电脑屏幕上,三只海豚在驯养师手势的示意下,张着长形大嘴发出的正是从海童喉咙里发出的那种声音。

刚才她还觉得这声音是那么的怪异,此时却又觉得它很有些可爱了,甚至还有点感动。

"海童怎么会知道海豚的叫声?"她有困惑,更有惊喜。

"可能是在幼儿园学的吧。"他说。

那么,这说明了什么?能说明海童的领悟力没有问题吗?

她又走到海童身旁,海童已经不叫了,嘴唇开始不停地嚅动。她凝视着他的嘴唇,希望看出海童究竟在和海豚说些什么。

她把买菜的事抛到一边,躲进卫生间,只顾对着镜子看自己说话。她像个咿呀学语的孩子,说着最简单的句子,但是没有声音。她注意着自己的嘴唇随着每个字的变化,以及在整个句子中因为语速而发生的扭曲。她的嘴唇动得时快时慢。

平时她极少看电视,但现在只要海心和海童不在家里,她就把电视打开。她不管内容,有人说话就行,当然,译制节目不行。她只需要盯着他们的嘴唇

2. 日记　021

观察，她不听他们在说什么，仅仅是要看他们在说什么。听觉对于她不再是一种直接的手段，必须转换到视觉才产生意义。所有话语的声音最后都要落实到形状。重要的不是声带，而是嘴唇，她要牢牢记住每个字在唇上绽开的花朵的模样。

姜之悦恍然意识到，她其实是在把自己当成一个失聪者来训练的。以前，她从未留意过别人的嘴唇，而今才忽然发现，每一个人的嘴唇都长得千差万别。尤其是在说话时，嘴唇显露着细微而又生动的表情。嘴唇真是语言的衣装，以前的她仅会欣赏语言的声音，却未曾认识到这声音原来是赤裸的，她竟一直错过着它们千姿百态的衣装。

嘴唇也是嘴巴的门面，遮掩着门后的深壑，同时它又随时等待着开启。倘若没有嘴唇，嘴巴可能就是狰狞的伤口。是嘴唇令嘴巴有了矜持的弧度，将它的欲望引向生命，而不是死亡。所以，女人的口红或许是必要的，尽管她几乎从不使用口红。

看着看着，姜之悦就发现了一个奇怪的现象，某些节目中人物讲出的话，同他们的口型明显是对不上的。她不清楚这是张冠李戴的原因，还是因为后期录音的失误，总之，这种现象在电视剧里出现得最多。

事实证明，看现场真人说话才是最可靠的。于是，只要身边有人说话，姜之悦便盯着他们的嘴唇看。

小蔡就被她盯得心里直发慌，她以为自己的口红出了问题，从包里掏出化妆镜照了又照，并没发现有什么问题呀，但姜之悦还是在盯着自己的嘴唇看。

她只好问她："你是不是觉得我的唇色过于鲜艳啦？"

姜之悦一怔："你说什么？"

"我的口红。"小蔡指指自己的嘴唇。

"噢……没什么，挺好的。"姜之悦低了下头，"你这个小镜子是在哪儿买的？"

"网上。"

"噢。"她还没在网上买过东西。

"你要是不嫌弃,我就送给你好啦。"

"谢谢你,不用,我自己买吧。"

一扭头,姜之悦真就直奔商场去买了一个化妆镜,比小蔡的那个小上一圈。

坐在公交车上,姜之悦打开化妆镜,对准自己的嘴唇。她的嘴唇开始或伸或缩、或闭或合地运动。已经坐过了站,她的眼神仍在执着地捕捉着嘴唇的动态。

起舞的双唇俨然可以将姜之悦带入儿子的那个世界,只要一看见自己的双唇启动,她的情绪便会马上安稳下来。没有声音的言语又何尝不可呢?海童不是不会说话,他只是不喜欢像我们这样说话而已,他更愿意用沉默的方式说话。也许在他看来,无声的语言才是最有表达力量的。于是,他只想安静地说话。

姜之悦试图让自己相信,海童不是一个不正常的孩子,他只是一个特别的孩子。

"到站啦,下车吧。"售票员提醒她。

姜之悦还未从冥思中完全清醒过来,她环顾一眼,公交车里只剩下她和售票员两个人。

"这是哪儿?"她问。

售票员愣愣地望着她,不明白她是什么意思。

"请问这是哪一站?"她再次问道。

售票员突然明白了,对方是个聋人。她拿手里的圆珠笔在车票背面写下"终点"两个字。

"天哪!我怎么坐到终点站来啦?"这次,姜之悦叫出了声,同时急忙站

2. 日记 023

起身来。

售票员被她吓得朝后一个趔趄，眼看着她下了车，才想起喊道："喂，你还没补票哪！"

补完车票，姜之悦看看表，再不抓紧，上课就要迟到了。她只能放弃乘返程车的打算，匆匆跑向路边去拦出租车。

"师傅，麻烦您开快点，我赶时间。"说完，姜之悦又抬高嗓门重复一遍，担心自己刚才可能又没说出声音来。

前脚刚踏进教室，铃声就随之响起。姜之悦在讲台前站定，稍喘口气后，她动了动嘴唇，仿佛在自言自语。其实，她是把要说的话先无声说了一遍，好像只有这样，她才能正式打开喉咙。

有两个坐在最后一排的学生正窃窃私语，她一边讲课，一边用眼睛的余光注意着他们。她越讲越兴奋，因为她发现自己竟然大致看懂了他们在说什么。他们讨论的是关于海鲜的话题，这二位想必不是本地人。

男生说，他不喜欢吃海鲜，海鲜不如猪肉香……

女生说，她喜欢吃牡蛎，牡蛎的营养价值非常高……

姜之悦心想，我也喜欢吃牡蛎，可惜海童不爱吃，海童什么海鲜都不吃。不仅是海鲜，所有的肉类海童都不吃。在海边出生的孩子不吃海鲜，这不能不说是一个挺大的损失。丛志曾跟她讲过，渔民的孩子都特聪明，他们学校那届的文理科高考状元都来自渔民的家庭。

所以，还得培养海童吃海鲜，好在海心爱吃，说不定她会给海童一些积极的影响。姜之悦决定上完课就去趟久违的海鲜市场，买些牡蛎，买些海虹，买些鲍鱼……

海鲜市场那活蹦乱跳的鱼虾、五颜六色的蛤贝，总能在瞬间激发出她生活的欲望，使她的内心萌生出一种庸常的快乐，好欣然接受自己的平凡。菜市场琳琅满目的水果蔬菜给予她的，也是同样的体验。这种愉悦同她逛时装商店时的愉悦是完全不同的，至于不同在哪里，她也很难说得清楚。

一度，姜之悦是多么惧怕自己在厨房和菜市场间的迷失，她不想复制母亲的生活。母亲在她的记忆里给她留下印象最深的，就是每天买菜做饭时的抱怨。现在想来，母亲抱怨的可能不是劳作的辛苦，而是那日复一日的单调。在她眼里，菜市场上的货品是单调的，一日三餐的吃法是单调的，就连一日三餐本身也是单调的。不仅是做饭不能让她感到快乐，吃饭也一样不能让她感到快乐。

我读这么多年的书，最后可不是用来买菜做饭的。还没恋爱时，这种想法便在姜之悦的意识里根深蒂固了。结婚前，她特意跟丛志商讨过这个话题。丛志没有表示异议，谁有时间谁做饭，不做饭的洗碗。

然而婚后的姜之悦傻了眼，丛志压根就不会做饭，炒的菜总是半生不熟。但是姜之悦还不能批评，怕打击他的积极性，谁都要经历从不会到会的过程，只要肯学肯做就不是问题。事实上，她自己的烹饪水平若跟她母亲或妹妹比起来，那可是差劲得多啦，好在丛志对吃喝也不是个挑剔的人，能吃饱喝足就行。

不过对丛志来说，所存在的不单单是做饭的问题，还有做什么的问题。每次他都必须要问她，做什么菜？

如果她说，你看着做呗。

那他就会胡做，比如水煮洋葱，比如红烧南瓜，比如清炒凉粉……全是她这辈子没见识过的做法。满碟盛的好像都是恶作剧，又似乎是某种想象力，真叫你哭笑不得。

此后，她干脆只能命题作文。

还有买菜的问题，他们也是商定好一人一次的。可问题同样来了，丛志每次买菜都是速战速决，从不问价，而且每次买的都是那几样。他永远不知道什么样的蔬菜是新鲜的，也永远不知道买多少才是适量的。因此，他买回

2. 日记　025

来的蔬菜至少有一半是要浪费掉的。

索性，买菜这事就由她来承包了。

曾经说好谁有时间谁做饭，如今看来，基本都是她比他有时间。她一周八节课，去两次学校就够了，其余时间都待在家里，总不能天天等着他坐班回来再做饭吧。所以，只能把洗碗的机会留给他了。

就是洗碗后来也变得少有了，丛志常有饭局，不回家吃饭，做饭洗碗就成了她一个人的事。辞职换工作后，丛志变得更忙，动不动出差，见他好辛苦的样子，她怎么还能忍心让他洗碗呢？

可是，他对她倒是挺忍心的。有时她上完一下午的课回家，口干舌燥，也是挺累，而已经回到家里的他，却坐在电视机前翻着报纸，等她做饭。显然，他已经默认做饭就是她一个人的事情了。

那年雪灾，交通受阻，她被困在回家的路上，只好徒步走回去。到家时，天已经很黑，他仍一如既往地坐在电视机前翻着报纸，厨房里静悄悄的。又冷又累又饿的她直想发火，但还是忍住了。以前不是没有为此说过他，他会说可以出去吃呀，或者专门雇个小时工替他们干。结果，错误便转移到了她对金钱的吝啬上。

这个男人实在不可理喻，他可以为他爱的女人卖血买一件她心仪的衣服，却不愿为她卖力做一顿可口的饭菜。或许，这只是认知的问题吧，并不能说明他不爱她。是的，他一定不会承认他不爱她，她也不能相信他不爱她。但，爱又是什么呢？

想到这个问题，姜之悦总难免感到困惑。不过，她不感到困惑的是，她认为他们没有必要为这样的琐事争吵，两个人的家务又能有多少呢？她完全胜任得了。再说，夫妻之间一定要把家务分配个泾渭分明，那还能做夫妻吗？她姜之悦不在乎这个，她在乎的唯有他的爱。

因为他的爱，她能够选择宽容，选择心甘情愿。她可以理解男人，可以想象丛志身处菜市场时那无所适从的尴尬模样。厨房里的烟火不会让一个男人觉得心安理得，就像战场上的硝烟不会令一个女人热血沸腾。历史正是这样塑造的，男人和女人被安置在了不同的空间，尽管这历史往往就是男人在操纵的。

她不确信自己有改变历史的力量，故而她宁愿改变自己。她只需不断提醒自己的是，不要把逃避当成妥协。在某种程度上，成长恰是以学会妥协为代价的，而逃避的实质却是拒绝成长。假如她能够改变自己，那么她也就多多少少能够改变一点历史。

为什么要把买菜做饭同自己的人生追求对立起来呢？我所恐惧的究竟是什么呢？我的人生追求又是什么呢？姜之悦承认，她对于自己的人生追求并不清晰，她只是在一个既定的轨道上同大家一样一直向前冲刺罢了，冲刺的结果无非证明了她确实是一个好学生。

现在的她不是学生了，她还能拿什么来证明自己呢？她又想证明自己什么呢？她曾经对于买菜做饭的抵触，有没有可能就属于一种逃避呢？

此刻，站在这生机勃勃的海鲜市场里，她的愉悦是真实的，就像不需要别人的提醒。这里充斥着新鲜的欲望，飘浮着生活的美味，暗示着家人的期待……那么，为什么一想到买菜做饭，她仍然会感到焦虑呢？是不是自己始终在抗拒着进入生活？直到海童出生，她才暂时遗忘了这一焦虑，那张嗷嗷待哺的小嘴使其领会了食物的价值。

随着海童一天天的长大，姜之悦逐渐把买菜做饭认可为自己的工作，在这工作的过程中，她并非体验不到自我的创造性价值。而在母亲那里，买菜做饭则是一桩苦役，是她无法摆脱的苦役。姜之悦认为自己的命运一定是和母亲不一样的，她必须摆脱这样的苦役，她有能力摆脱这样的苦役。可是，她摆脱了吗？

没有。但她却不能认同这是一桩苦役，母亲之所以把它当成苦役，那是因为母亲的心里没有爱,她不爱丈夫,不爱孩子,她连自己都不爱。她对生活充满了失望,生活没能给她想要的爱人和想要的工作,因此她只能回应生活以抱怨,生活教会她的只有自怜。

她姜之悦可是完全不同,她爱自己的丈夫,爱自己的孩子,所以她可以把家务当成自己热爱的工作。只是,想到丈夫对自己的爱,她的这种热爱却又不能不有些许动摇。或者说,她的这种热爱已有些动力不足。如果不是借助理性的自我说服,她可能很难再坚持下去。

他们已有许久没做爱了,这天夜里,失眠的她格外想要他。她用手试探性地触摸着他的腹部,缓缓向下滑动,滑向那能把她送上巅峰的暗处。可他却翻过身去,有意无意避开了她的触摸,让她陡然跌入阳光普照之下的泥淖之中。

羞恼交加的她再也平静不下去了,肩膀随着奔涌的泪水剧烈颤抖。

他听见了她在哭泣,过了好一会儿,他才轻声问道:"你这是怎么啦?"语气显得颇不耐烦。

她继续哭了一会儿,等情绪不那么激动了,她用枕巾擦干眼泪,带着浓重的鼻腔音问道:"你还爱我吗?"

"难道我爱别人了吗?"他没有直接回答他的发问,声调是慵懒的。

她又开始抽泣。

"你这样胡闹有意思吗?"他重重叹了口气,"爱有那么重要吗?好好活着就行啦。明天一早我还要赶飞机。"

睡在她这一侧的海童忽然发出一声梦呓,她紧忙拍了拍他,把梦呓赶走。

窗外的树叶被一阵强风吹得"哗啦啦"作响,姜之悦顿然感觉到一股寒意从脚底播散开来。她将海童紧紧搂在怀里,随着这呼啸的风儿旋转。

我是在胡闹吗?她问自己。我是不是不够理解他?我要他爱我,这算过分吗?没有爱的婚姻难道不是可耻的吗?她不想抱怨他,但也不想自己是错误的。

他的鼾声重新响起，前所未有的刺耳。她抱起海童，去另一个房间睡了。黑夜中，隔着窗帘，她一直望着窗外的灯光发呆。也许是累了，她什么都不再想，但却仍旧无法入眠。既然无法入眠，她就始终睁着眼，仿佛是在同自己的眼睛怄气，仿佛是眼睛让她睡不着觉的。

窗帘渐渐发白，愈来愈白，她听见了他的响动。他在穿衣，他在肆无忌惮地撒尿，他在洗漱……她在犹豫中挣扎着起床，走进厨房，为他准备早餐。

他似乎没有注意到她在做什么，敷衍地说了声"我走啦"，将门拧开。

"你不吃饭呀？"

"来不及。"

她站在厨房的窗前，不一会儿，就见他从单元门里走出，低垂着头，身后的拉杆箱犹如一块巨石般沉重。她的心里莫名地泛酸。

爱有那么重要吗？好好活着就行啦。她回味着他的话，来到客厅，拉开窗帘，骤然闯入的霞光刺痛了她的双眼，泪珠如骤雨滂沱而下。

2. 日记

3. 大海

他一进家门，海心便跑上前来，愣愣地望着他。他看见她的脸颊上又有了一张创可贴。

"怎么啦这是？"

"爸爸，弟弟打我。"说着，海心的眼圈就红了，眼泪快要决堤的样子。

他扔下行李，拥海心入怀。她终于肯叫自己爸爸了，用了如此漫长的时间。他摩挲着海心的头发，后悔没给孩子们捎礼物回来。他有许久没给海童买过礼物了。

他打开背包，里面有块巧克力小蛋糕，飞机上给的，他没有吃。他把它拿给海心。

海童趴在客厅的茶几上，一只手抓着彩笔在一张大大的白纸上涂鸦，海豚被扔到了一边。他总算舍得撒手了，他替这只海豚松了口气。

他走到海童对面，蹲下身，望着海童。海童好像没有意识到他的存在，一直投入地画着他千篇一律的线条，已经画满大半张纸。这些线条像海浪，也像海豚。多么富有耐心的线条，耐心得执拗，耐心得令他眼晕。

"海童？"

海童跟没听见似的。

他抓住他画画的手，海童抬起头，身体微微向后倾斜，试图挣脱他的手。

"你为什么打姐姐？"

"……"

"下次你要再打姐姐，我就要打你。"

海童怒视着他的眼睛，嘴唇开始翕动。

"你在说什么？说出声音来。"

海童照旧翕动着嘴唇。

姜之悦从卫生间里出来，手上端着一盆刚刚甩干的衣服，准备去阳台晾晒。

"他说他要打你。"她说。

他扭过头来，不满地瞅了她一眼："谁要打我？"

"可不是我要打你，是你儿子要打你哟。"

"要打我？"他将目光转向海童，"是你要打我吗？"

海童的嘴唇还在动，表情恶狠狠的。

"他说爸爸坏。"姜之悦的脸上带着得意的笑。

他松开海童的手，站起身来："你什么意思啊？教唆儿子跟我作对吗？"

"我可没这个意思，这是你儿子自己的意思，你没看见他在说吗？"

他看看海童，又看看她，有些恼火："你怎么能看出他在说什么？"

"我就是能。哎呀，快过来帮忙啊。"一直踮着脚尖的姜之悦突然没了力气，把剩下的最后一件外套撂给他。

他毫不费力就把外套挂了上去。

"你怎么能看出他在说什么呢？"他又问了一遍。

"用心就能做到。"

3. 大海

"这孩子不能总这样跟人交流吧。"

她没说什么，一只手揉着酸痛的肩。

"你是咋看的孩子？海心怎么老被抓伤啊？"

"谁让我没有三头六臂呢？"话没说完，姜之悦便转身离去。

他打开窗户，掏出香烟，回头看了一眼，又将香烟塞回兜里。

姜之悦回到卧室，半靠在床头，随手拿起那本看了一个月还没有看完的书。俨然，这仅是出于一种习惯，抑或只是为安放自己无所事事的目光，她的思想并未与书中的思想会合。一种习惯遗弃了另一种习惯，她不再真正需要阅读的安慰。生活正毫不留情地改变着她。

海童依然无法接纳海心，她把他当作弟弟，他却从不把她当作姐姐。一旦海心过于亲近他的世界，他便会觉得自己受到了冒犯，要用手狠狠抓她的脸。她实在看不下去了，有一次动手打了他的屁股。但是暴力对海童不起作用，这种暴力甚至激化了海童的暴力，使他对海心下手比以往更狠。

无奈之际，她怀疑收养海心也许是个错误，海童并不需要海心，海童的状况可能也不像医生判断得那么糟糕，是他们的担心和恐慌导致了他们对于医生的过度依赖。可是，她马上又否定了自己的这一看法，觉得这样对海心是有失公平的。收养海心已是事实，她不该再对此三心二意。海心已经把这里视为她的家，把丛志和她视为爸和妈，他们必须把她视为自己的女儿，责无旁贷。

她应该这么想，虽然这对姐弟冲突不断，但是这种冲突也未必不是一种交流，海童所需要的不恰恰就是同他人的交流吗？对他来说，最坏的交流也总比没有交流要好吧。其实，她在海童身上已经看到了某些令其欣慰的细微变化，这些变化难道没有可能归功于海心的到来吗？而对海心而言，脱离她的原生家庭，融入他们的家庭，这也应该算是一件幸事吧。至少，她可以确信的是，他们为她提供的是比她原生家庭更好的生活，还有更好的教育。她理应拥有比其在原生家庭可能拥有的更好的未来。因为他们，海心是幸运的，起码要比在她的原生家庭里幸运，对此，姜之悦毫不怀疑。

"妈妈，我想看大海。"海心蓦然出现在她的床头，唇边沾满巧克力奶油。

她起身去找纸巾，为海心擦拭嘴巴。"你见过大海吗？"她问。

海心摇头。

她也摇头，一个在滨海城市出生长大的孩子怎么可以没见过大海呢？但也的确不可思议，已经四岁的海童不也就只见过一次大海吗？在他半岁时的那个夏天，她推着坐在婴儿车里的他去过一次海边。吹着海风的海童挥舞着小手，嘴里发出"啊啊啊"的叫声，像是迫不及待地要冲进大海。可那以后，她便没再带他来过海边。不知何故，她把大海给遗忘了。

想想从自家到海边也就两公里的距离，这遗忘简直不能原谅。是什么促使她对两公里之外的大海视而不见的呢？刚住在这里的那一年，她几乎每天都要去海边一次。当然，是跟丛志一起去。后来，便是她一个人去。再后来，她也从海边消失了。或许，这不是遗忘，只是不愿想起。她以为自己喜欢大海，但却可能不是因为它是大海才喜欢的。

她没法再骗自己，事实上，她的许多喜欢都是不够纯粹的，因为它们不是直接的，正如她对丛志的喜欢不是纯粹的，因为她不是因为他是丛志而喜欢。丛志又是什么呢？是作为她同窗时的丛志？还是作为她恋人时的丛志？抑或是作为她丈夫时的丛志？哪一个丛志才是真实的丛志呢？

姜之悦瞥一眼窗外，一片无精打采的云朵，犹似一块正在融化的雪糕。这块大雪糕让她感受到的不是凉爽，却是倏然而至的一股燠热。燠热召唤起清凉的海风，姜之悦一下子就从海风中振作了起来。

"我们看海去。"她大声喊道。

"妈妈要带我们看海去喽！"海心手舞足蹈。

"海童，咱们去看大海吧。"姜之悦走过去要拉海童的手，若不触碰他的

3. 大海

身体，海童是难得回应的。

然而，这回没等姜之悦走到跟前，海童就抬起了头，嚅动着嘴唇。

姜之悦惊喜地看到，他说的是"大海"。

"是的，大海，大海，大海。宝贝，咱们去看大海好不好？"

海童丢下彩笔，拿起海豚，朝妈妈走过来。

"爸爸去看海吗？"海心问。

丛志放下手中的报纸，道："爸爸不去，爸爸累了。"

"咱们出发吧。"姜之悦牵上两个孩子的手。走到门口，她冲着门冷冷地说了一句："不许在屋里抽烟。"

穿过小区后面的那片荒地，左拐，跨过一座立交桥，就看见了那道沿山伸展的斜坡。斜坡走到一半，褐岛就出现了，像一头半露在海面上的鲸鱼。

姜之悦停了下来，也是想歇歇："快看，那就是褐岛，像不像鲸鱼？"

"我看不见。"海心说。

姜之悦吃力地将海心抱起，用手指着前方："看见了吗？"

"看见了。鲸鱼会喷水，它会喷水吗？妈妈。"

"它不会，它只是一座长得像鲸鱼的岛屿。"

海童跟跟跄跄地向前跑去，姜之悦赶紧放下海心，追上去。一辆黑色的皮卡车从他们身边疾速驶过。

姜之悦没料到，海童跑得竟有这么快，一直到了坡顶，她才追上他。其实，是海童止住了脚步。她呼呼喘着粗气，麻纱条纹衬衫的背部已经湿透。她再次牵住海童的手，回头看着海心跑上来。

海童用拿着海豚的那只手不停指着褐岛，然后将目光移向妈妈，姜之悦忽然意识到，他是在问她问题。

"你想说什么？海童。"她盯着海童的嘴唇。

鲸鱼为什么喷水？海童问。

"噢，海童问鲸鱼为什么喷水呀？这真是个有意思的问题，让妈妈想想……"姜之悦俯下身，专注地盯着海童的眼睛，唯恐他的目光马上又要逃走，她绝不能轻易放过这样的机会，必须设法维持住儿子的注意力，"……妈妈想起来啦，鲸鱼就跟你手里的海豚一样，它们都有点像人，不像鱼，它们也跟你和妈妈一样，是用肺呼吸的（她指了指自己和海童的肺部），而不像鱼那样用鳃呼吸（她又用双手摸了摸自己的腮帮）。鲸鱼喷水的那个地方就是它的鼻孔（她用食指碰碰自己的鼻子），当鲸鱼在水里待久了时，它肺里的空气就不够用了，就需要露出头来喘口气。不过，从它鼻孔里呼出的气体是很热的，遇到海洋上的冷空气，便形成了无数个小水珠，这就是你们看到的喷水……海童明白了吗？"

海童没有任何表示，但姜之悦已经无比满足了，他竟然能把她的话从头至尾听完，这真是一次前所未有的飞跃式进步。她只管陶醉于自己的收获里，眼见着海心在前面追赶海童，却一时表现得无动于衷。直到听见一辆轿车在前面持续鸣笛，她才清醒过来，朝他们大喊："小心汽车！"

姜之悦不顾一切地飞奔过去，仿佛两个孩子已然遭罹了危险。她一把紧紧攥住海童和海心的手。

"妈妈，为什么海童说话没有声音？"海心问道。

"海童可能以为自己是条鱼吧。"

海心点点头："水里的鱼只张嘴巴不说话。"

"嗯……"姜之悦回应得心不在焉。她在回味自己刚才说过的话，她怎么会把海童和鱼联想在了一起？

顷刻间，蔚蓝的海风将窒息的燠热吹散到他们身后，他们被切换到了另一个天地里。姜之悦承认，她最喜欢的还是这个天地，她不是因为别的什么才喜欢这个天地，她就是单纯地喜欢这个天地。在这里，她可以遇见那个她喜欢的自我，那个自由自在的自我，那个能把她和她的童年联系在一起的自

3. 大海

我。她豁然明白了，大海从不曾遗弃她，是她遗弃了她自己。

所有的过错都由我来承担吧，她对自己说，遗忘这个天地是个错误，逃避更是个错误。以后，我要经常带海童和海心到这里来。当然，我更可以一个人来。

大海，我又来了。

她坚定地向大海走去，大海也自信地朝她走来。不，是海童的力量在牵引着她，她的手被海童的身体一再向前拉扯，大海的引力更鲜明地作用在了海童身上。

大海的魅力是难以抗拒的，除非你抗拒了自己。在海童和海心的脸上，姜之悦洞见到了大海真实的另一面。这也是她自己真实的另一面，只是她用许多假象努力遮蔽住了这另一面。

假如你迷失了自己，那就请到海边走一走吧，谦逊的大海绝对不会吝啬它的教诲，只要你不再矜持于自己的方向。

看到海心和海童都扑倒在了沙滩上，姜之悦也在沙滩上坐了下来。"我欠大海一个道歉，"她想，"我会用行动来证明我对大海的重新认识，也让大海重新认识我一次。"

"妈妈，我也想要那个。"海心指着其他孩子手里的沙滩玩具。

"好的，妈妈去给你们买。"姜之悦回头看看路边的几家商店，又看看坐在一旁的那两个戴墨镜的姑娘，上前搭讪道："麻烦你们帮我照看几分钟这两个孩子，好吗？我要去那家商店买点东西。"她指了指身后。

"没问题。"两位姑娘答应着，起身往海心和海童跟前凑了凑。

姜之悦快速跑进那家门口摆满泳装和游泳圈的商店，匆匆挑中一套沙滩玩具付了账。

跑回沙滩时，姜之悦看见那两个姑娘正拽着执意要往海里去的海童。

"这小男孩的力气可真大呀，"其中一个姑娘笑着说，"我一个人都抓不住他。"

"危险，海童，快回来。"姜之悦用力把海童往岸上拖。

海童后退几步，像是顺从了，但接着又猛地向前一冲，成功踏入了海水里。他满脸放肆的笑，没人能阻挡他同大海的亲近。

无奈之下，姜之悦蹬掉鞋子，也跟着走进了海里，她卷起的裤腿还是被海浪打湿了。

海童扭头把海豚交给妈妈，不等她反应过来，便一头扎进水里，像条鱼似的沉了下去。

"你以为你会水呀？"姜之悦没有立即去捞他，她想让海水呛他一下，给他个教训。

但是，一眨眼的工夫，海童就不见啦，吓得姜之悦一边大喊"救命"，一边在海水里疯狂扑打。

深处几个正在游泳的男人朝姜之悦围拢过来，问明情况后，他们分散开，顺着她手指的方向展开寻找。

时间煎熬着姜之悦的希望，她撕心裂肺地哭喊着海童的名字，当她往更深处移动的时候，海心的呼救惊醒了她。她回过头来，发现海水已经淹没海心的脖颈。她大叫一声"天哪"，绝望地奋力向海心扑去。

她将海心拉到浅水区，似乎已经没了歇斯底里的力气，呆呆望着五十米之外那几个颜色不一的泳帽不时沉浮，等待奇迹的发生。

奇迹是橘黄色的，姜之悦忽然看见那几个泳帽的前方浮出一抹橘黄，紧接着，一颗小小的头颅出现了。

"他在那里！"姜之悦一边大叫，一边朝那几个泳帽猛力挥手。

"就在前面，快呀！"围观的人也跟着焦急大喊。

泳帽们向橘黄处集结，但是不等他们靠近，它已开始向岸边快速漂浮。他们全被甩在了后面。

3. 大海

姜之悦赶紧把海心送回沙滩，自己又转身朝海童奔去。

看着海童像条黄色小海豚似的向她游来，从容地划水，摆腿，萌萌的样子，姜之悦像个孩子似的破涕为笑。不过，等差不多能够得着的时候，她急不可耐地冲上前去，一把将他薅住，伸手甩出去一个耳光："你这个小浑蛋！你把妈妈吓死啦！"她气汹汹地拖着他向岸上走去。

几个参与搜救的男子也陆续跟着上了岸，其中一个戴银色Speedo泳帽的中年男人口喘粗气，眼珠瞪得老大，不解地问姜之悦："原来这小孩会游泳啊？！"

姜之悦也无比困惑，充满歉意地摇着头，说："我们从没教他学过游泳啊……"

"奇才，无师自通！"另一个人哈哈道。

"送体校好好培养一下，说不定就是未来的奥运冠军哪。"又有人说。

姜之悦向大家鞠躬致谢，众人散去。

海童左右张望，看见了他的海豚湿淋淋地搁浅在岸边。他走过去。姜之悦紧跟在后面，寸步不离。

他们成了三只落汤鸡，姜之悦很想回家换衣服，可海童海心说啥不肯。姜之悦没再勉强，但坚决不许海童再下水，海童便跟海心用沙滩玩具在沙滩上挖起了坑。

姜之悦不停用手上下抻抻自己的湿衣，深感狼狈，好在海童没事，她也就无所谓了。她再次认真打量起眼前的这片海域，眼神里的惊恐已经散尽，隐隐浮现出喜悦的光。

今天，大海不单让她重新认识了自己，并且让她见证了奇迹，重新认识了海童。她真心感谢大海的慷慨。然而，就在刚才大海带给她的那短暂的恐惧中，她却彻底忽略了大海的恩惠，仅剩下逃离的懊悔。她又一次产生了对于大海的愧歉，或许，认识大海并没她想象的那般容易吧，认识自己又何不若此？

一轮白月早早地悬在了瓦蓝的天穹，海水上空几条纵横交错的云带边缘渗漏出介于黑、红、紫之间的色彩，还泛着微微的蓝光，那是人造合成颜料无法模拟的色彩，也是任何绘画大师都无法胜任的色彩。每时每刻，大海都在联袂天空馈赠着它动人的美以及无穷的乐趣。海童和海心正深陷在它的乐趣里不能自拔，这乐趣甚至好像重塑了海童，让他陡然生出亲近姐姐的冲动与勇气。

姜之悦被孩子们的乐趣感染着，仅仅一个简单的沙滩就可以让他们忘掉全世界。她不再催促他们回家，反正她的衣服也很快就干了。她看着暮色包围过来，沙滩上的人群渐渐变得愈发稀少，直至路灯投射到沙滩上的人影只有三个……海心和海童几乎同时从他们挖掘的长长的隧道上抬起头来，想起寻找母亲的身影。

这天的晚餐，他们三人吃得都很多，饭后没有照例出门散步，便收拾收拾上床睡了。一场惊吓让姜之悦产生的不是后怕，而是新奇和满足，回想起自己当时的绝望和无助，她竟忍不住笑了。她侧过身去，用被子捂住自己的脸，竭力抑制着自己的笑。

但等真正入眠时，恐惧立刻就赶来了，这回，大海里只有她和海童，她眼睁睁看着海童被一个巨浪卷走，再也不见了踪影，她响彻云霄的哭喊无人应答。突然，又一个巨浪向她袭来，她从恐惧和窒息中挣扎醒来……她听见了哭声，这不是她自己的哭声，是海心在哭。

姜之悦起床来到海心身边，拍哄她重新安睡。都这么久了，噩梦还在困扰着她。刚来时，海心每夜都要被噩梦吓得哭醒，她只好把她接过来睡，让丛志去海心的房间睡。大半年过去，海心的噩梦少了，她才重让海心一个人睡。可是偶尔，梦魇仍会袭扰海心。

她很想知道海心究竟梦见了什么，但是海心始终不告诉她，只说一个

3. 大海

"怕"字。她怕的到底是什么呢？

听着海心平稳的呼吸声，姜之悦继续在床边坐了一会儿。这个秋天，海心就该是个小学生了。小蔡多次提醒她，该考虑择校的问题了。小蔡一直信誓旦旦地表示，将来一定要让自己的儿子上四小，那是本市所谓最好的小学。

姜之悦不认为一个小学有那么重要，她可不想折腾，她也没那么多的精力去折腾。她就打算让海心海童上离家最近的二小，五分钟的时间就走到了。不过……最初……她也不是这么想的吧，难道她没打算让海童上四小吗？如果海童的健康不是出了意外，她的想法会发生改变吗？

这样的疑问测试着自己的心理天平，她不希望自己对海心是不公正的，她要让自己确信，不送海心上四小绝不是对她的不重视。从这一意义上来说，她是要感谢海童的，海童带给了她痛苦，也带给了她某种人生的真谛，而这种真谛对于自己的一生是至关重要的：只要你在人群里，只要你是快乐的，你便注定不会思考。

见海心不再去幼儿园，海童也闹着不想去，说还要去海边。姜之悦没敢答应他，怕他又要往海里跑。自己不会游泳，没法照管他，心想等过两天再说。

下午和海心一道去接海童时，站在幼儿园大门口，姜之悦一眼就发现儿子班级的队伍里少了海童。她问王老师是怎么回事？王老师这才注意到，说离开班级之前，还见着他哩。

姜之悦赶紧去班里寻找，没有。王老师也折返回来帮着寻找，二楼每个房间都找遍了，也没有海童的影子。王老师只好向园长求助，园长立即发动所有员工遍寻园里每一个角落。

找了将近一刻钟也没有结果，姜之悦想到要调看监控。在保安室的监视屏里，他们看到海童随着队伍走到一楼后就消失了，却并没有看到他从大门走出去。那么，海童就应该还在幼儿园里。

他们又开始绕着幼儿园的围墙继续寻找，有人发现苗圃里通往墙外的铁栅栏门是敞开的，显然是干活的园丁忘了上锁。海童会不会从这里出去了呢？

王老师说，他们下午的确是在苗圃里摘草莓吃来着，但她也的确没有注意到这扇门是没有上锁的。

园长一边安抚着姜之悦，一边让王老师快去她的办公室打电话报警。心急火燎的姜之悦从苗圃那扇铁栅栏门走出来，东张西望，不知该再往哪个方向找下去？

园长说："海童妈妈，要不你先回家看看，海童会不会自己回了家？我们再分头沿路接着找。"

姜之悦一路小跑朝家中赶去，心里祈祷着海童平安无事。她最担心的就是人贩子，孩子被拐的事件已经发生得太多，这是所有父母都无法轻描淡写的隐忧。

小区里没有发现海童的踪迹，她抱着最后一线希望掏出钥匙打开家门。

"海童……海童……丛志……丛志……"她高声呼唤着，回应她的却只有自己的余音。

姜之悦愣愣地站在空荡荡的客厅里，忽然，她听见身后传来轻微的脚步声，她猛地转过身去，把对方吓得浑身一个哆嗦。

"是你？！"她竟然把海心给忘到九霄云外去了。

"妈妈……"

"你一个人回来的？"

海心点头。

"对不起，宝贝……"姜之悦哽咽了，一把抱住海心。

擦干眼泪，姜之悦给丛志打去电话，同事说他不在。姜之悦想再呼他的BP机，按完两个键又放弃了，改打了110。这是她人生中第一次拨打报警电话，警察应该比丛志更管用吧。

3. 大海

"海心，你在家等着，哪儿也别去，妈妈出去找弟弟。"

海心瞪着妈妈，似乎并不想一个人留在家里。

"别担心，爸爸一会儿就会回来。"说完，姜之悦把门反锁上。

走在路上，姜之悦的眼睛不停地四下搜寻，看到一个身量跟海童相仿的男孩，心脏便要狂跳一下，以为那就是海童。冲上前去，再急忙走开。有时不放心，还要喊一声"海童"，看他会不会答应。

幼儿园周边的所有街道都找遍了，姜之悦两腿已经发软，在马路边蹲了下来。她的身体已无法支撑那颗沉到底的心。

街灯次第亮起，姜之悦挣扎起身，这灯光好像在催促着她，但她已经失去了方向感。她木然地望着往来车流，空白的大脑许久才恢复了意识。她重新确认一下自己的方位，然后艰难地朝幼儿园走去。

还没走到幼儿园门口，就听到好像有人在招呼她，姜之悦转过头去，是王老师。

"……找到啦、找到啦，海童妈妈，找到海童啦……"王老师朝她跑过来，激动地挥舞着一只手。

"真的吗？找到啦？真的找到海童了吗？"

"真的找到啦！放心吧。"王老师抓住她的胳膊，领她往相反的方向走去。"海童现在在家呢，我刚从你家回来。"

"在哪里找到他的？"

"跑海边去了，是警察把他送回幼儿园的。"

姜之悦不禁自责，她怎么就没想到海边呢？海童确实是有可能跑那里去的，只是她不敢相信他一个人就能完成这样的任务。

王老师说，海边散步的人发现海里有个这么小的小孩在游泳，都非常好奇，等游泳的人都走光了，海里只剩下了他，他们忽然觉得不大对劲，就报了警。

进屋看见海童坐在餐桌旁若无其事地啃着西瓜，姜之悦真想冲上去给他一顿暴打，但碍于王老师在场，她还是忍住了。其实，她也没有力气再打他了。

姜之悦注意到海童身上穿的T恤和短裤还是早上去幼儿园时穿的那一套，她有些奇怪："他的衣服怎么没弄湿呢？"她想起前天海童一头扑进海水里的情景。

王老师"扑哧"一笑："肯定是光屁股游的呗。"

姜之悦想想，也觉得好笑，但却咬咬嘴唇没让自己笑，海童今天的出逃给大家惹了不少麻烦，更麻烦的是，她想到这麻烦可能才仅仅是个开始。以后越长越大，说不定麻烦也就越大。

送走王老师，姜之悦把海童狠狠批斗了一番，问他是怎么跑出去的？海童一言不发，只顾闷头啃自己的西瓜。

丛志说："幼儿园有责任，工作太大意啦。"

姜之悦白了他一眼，没说话，这么晚了，晚饭还没做。

点着煤气灶，姜之悦注视着蓝色的火苗，停下了手中的动作。她的脑子里在想，明天要不要同意海童去海边？海童的冒失她该怎么驾驭？

禁止海童接近大海肯定是不足取的，海童如此喜欢大海，倒是令姜之悦备感慰藉，她相信大海能够给予他在陆地上无法获得的东西。经过大海的洗礼，海童的心灵和大脑或许会帮助他找到打开世界之门的钥匙。她始终不想承认海童是一个不正常的孩子，他只是不喜欢或者说不适应所谓正常的社会节奏而已，他在以自己的特殊方式进入这个世界。这一年多来的体验，让姜之悦越发肯定这一点了。

姜之悦带上海心，专程去市中心的体育用品商店给海童海心，包括她自己，买来全套游泳装备，另外还买了一根二十米长的尼龙绳。下午接海童的时候，他们没有回家，而是直接去了金滩海水浴场。

3. 大海

海童一听要去海边，转身就跑了起来。

"咱们不走这条路，海童，这条路车多危险。"说到危险，姜之悦忽然意识到，看来海童昨天就是走这条路去海边的。他那蹒跚的脚步是如何平安越过两条车流汹涌的大马路的？想想，姜之悦这回真的感到了后怕。

姜之悦有意给海童买了个红色泳帽，以便在海里更容易发现他。下水之前，她再三叮嘱海童不能往深处游，并将尼龙绳系在他的腰上，另一头绑在自己手腕上。

海童显然不喜欢这根绳子，总想用手把它解开。姜之悦给他套上游泳圈，他没有表示反对，但到了海里，没游两下，便把游泳圈给甩了。妈妈的再三叮嘱同样被他甩得一干二净，立即掉转方向，朝深处游去。

"海童！你给我回来！"姜之悦开始将绳子往后拉。

海童停滞片刻，接着又向前游去，随即，姜之悦感觉到绳子前方没有了拉力，它脱落了。姜之悦的心同时也失重了，一边紧张地盯着海童红色的泳帽，一边左右观望着有没有可以求助的人。

"海童！"她继续厉声高喊。

这次呼喊海童好像是听到了，他慢了下来，然后向妈妈这边游过来。

姜之悦两手抓住海童的肩膀，伏在他耳旁小声说道："好儿子，不要让妈妈担心，好不好？你这样的话，妈妈下次还敢让你来吗？"

海童摘下泳镜，把头扬得高高的，认真地看着妈妈，嘴唇动弹起来："妈妈，我不会淹死的。"

"可你让妈妈担心死啦。"

海童摇摇头，一个猛子不见了。姜之悦也不由自主地摇摇头，望着水面，忧心忡忡。她依然无法理解，海童这么好的水性到底是从哪里来的？她一点不会水，丛志虽是海边长大，却也就只会个狗刨，据他自己说，最多能游个一百米也就没力气了。

海心倒是胆小，一直套着泳圈在浅水区域玩耍，不用她担心。

　　姜之悦尝试做了一个游泳动作，结果呛进去一大口海水，咸咸的。于是，她只好抱着海童的泳圈，围在海童周边转悠。海童不时还是要向深处游一下，但已不再像一开始游得那么远。他俨然是理解了妈妈的心情，这让姜之悦稍放下一点心来。如果海童心里有她的担心，那么他就不会过于莽撞。即便海童仅仅是个四岁的孩子，姜之悦也仍不怀疑他们母子之间的心灵感应就是一条极为安全的纽带。

　　为了让海童更安全，姜之悦决定明天就去市游泳馆报个培训班学习游泳，让海心也跟她一起学。

　　原以为学游泳是件很难的事情，需要花费挺长的时间，可夏教练却告诉她，只需十次就可以掌握基本要领，以后就是自己慢慢练习的事了。

　　于是，上午姜之悦和海心去游泳馆学习，傍晚再接上海童去浴场操练。夏教练连连夸赞她有游泳天赋，是她教过的成人女性中学得最快的，而且动作非常自然，像是有一定基础的学员。她说，大多数成年女性对深水都心存恐惧，而姜之悦却丝毫没有。

　　姜之悦听了不禁失笑，难道我是个不要命的傻大胆吗？但转念想到海童，她又不得不认真思量起来，莫非海童是有我的遗传基因？可为什么我却不会游泳呢？这就是所谓的基因进化现象吗？

　　培训课时完成后，姜之悦和海心都扔掉了游泳圈，敢于在稍深一些的海域试验胆量了。她提醒海心海童贴着固定防鲨网的缆绳游，一旦没了力气可以抓住缆绳歇息。可海童根本不需要，他好像就不存在没力气的问题，游来游去，从不见他有歇息的时候。

　　浴场的可游范围最远就到防鲨网那里，姜之悦顺着缆绳试探性地游到一半，便没有勇气再向前游了，而海童却偏偏最喜欢在防鲨网附近出没。开始总有人不时提醒她注意海童的安全，但等慢慢熟悉了，他们对前面突然冒出

3. 大海

的这颗红脑袋也就不再感到愕然，剩下的仍有不可思议的好奇。

不过，每次游完从海里上岸，姜之悦发现海童都跟喝醉了似的，走在沙滩上摇摇晃晃的。姜之悦以为他是累了，问他要不要休息一会儿再走，海童总是摇头。可能是为了证明自己不累，海童还特意要小跑上一段，把妈妈和姐姐远远地甩在后面。

姜之悦吃力地追上去，说："妈妈看出来啦，你是不累，你是喝醉了，大海把你灌醉啦。"姜之悦即刻想到一个词：海醉。

长长的一个暑假似乎都泡在了海水里，海水里没有时间，一上岸才知道暑假已经结束了。姜之悦看看出差回来的丛志，再看看自己和海童海心，他们三个简直成了半个非洲人。这一身的黝黑恰是一个暑假的时光。

4．闺密

无论是在系里还是在教研室里，姜之悦都能清晰地感觉到自己是个孤家寡人，同事们所热衷谈论的那些话题，如孩子、课题、出国以及发表论文，等等，都不是她感兴趣的。因此，她对所有的同事的态度都是敬而远之。

每次上课前来到学校，上完课直接回家，她几乎不怎么去自己的教研室，所以少有和同事碰面的机会。系里每学期组织一次出游活动，姜之悦仅在刚入职的那个学年参加过两回，后来便不愿再去了，她更愿意在家里陪着丛志。海童出生后，她的生活又有了新的中心，这个中心占据了她全部的时间。

只是在系里偶尔召开的会议上，姜之悦才能和同事们打个照面，然后发现又多了几张她不认识的面孔。置身于这一群体中间，姜之悦渐渐有了愈发尴尬的不适感，这种不适感不由得令她想到，自己其实并不是个不合群的人。学生时代的每个阶段，她都能遇到可以称之为死党的闺密。她从来不用刻意同谁去交往，总是自然而然地就和某个彼此喜欢的人走在了一起。

但自打和丛志恋爱之后，姜之悦的交际生活便发生了质的变化。过去的那些闺密统统埋怨她重色轻友，联系变得越来越少，等到各自结婚生子，则彻底断了彼此的音信。还有一个彻底，那就是她的个人社交史再也没能开启新的篇章。至此，她的友情生涯似乎已然到了尽头。

想想既往的那些知己，欢愉的岁月依旧可以历历在目，再想想眼前，却又恍如隔世，而实际上，那些日子离她并不久远。她不想怀旧，目前的生活出自自己的自由意志，她无可抱怨。也许着实难免有片刻的失落感，但她宁愿把这种感受解释为自己的贪婪。所有的获得无不是以失去作为代价，所有的失去也无不是以获得作为代价。自己所能做的，就是选择和被选择，考量得失不过就是为了怀疑自己当初的选择吧，而她绝不喜欢这么做。

行动是用来提示下一个行动，而非中止于思想的质疑。既然选择了丛志，就不必顾忌闺密们的非议，既然选择了落落寡合，又何必介意在同事们当中的存在感。况且，自己的工作既不需要合作关系，又没有朝夕相处的限制。选择我所爱的，爱我所选择的，这就是我向生活主张的自由。如果自由的生活不是错误，那又何来的尴尬和不适呢？这样的问题暴露出的正是自己的自卑和渺小吧，姜之悦厌恶这样的自己。

姜之悦以为，自己也不是不需要社交生活，她只是改变了社交的方向，进入到一个新的社交领域而已。这个社交领域属于丛志，她重新结识的几个朋友全是丛志的朋友。生活已然改变，社交又怎可能不变？当然，这些新的朋友是不能被称之为"闺密"的朋友，她甚至都不能称其为"我的朋友"，而只能称之为"我们的朋友"。归根结底，他们还是丛志的朋友。别看丛志那么内向木讷，那么少言寡语，他的朋友却多得出乎她的意料，总有无穷无尽的饭局，去哪个城市出差都必然有老友款待。

姜之悦承认，丛志的社交圈同自己曾经的社交圈风格很不一样，介入他的社交圈后，她俨然看见了另一个世界，为此她有过短暂的欣喜。

不过，说起来她新的社交领域也并不止于此，邻居小蔡应该算是她在这一新领域里的成果吧，虽然只是唯一的成果，但终归属于独立于丛志的成果。

至于小蔡能不能算作自己的闺密，这个确实有点不好说。小蔡对她好像可以无话不说，而她对小蔡却不能不有那么一点保留，倒不是自己不够真诚，实在是总觉得彼此之间隔着一层什么东西，看不清，也道不明。

她和小蔡是在怀孕期间认识的，她常在小区东侧的一个僻静湖边散步，小蔡也喜欢去那里散步，彼此都是孕妇，两人自然就有了共同话题。她的儿子大恒比海童早出生一周，按预产期的时间，大恒应该比海童晚生一周，可海童太沉得住气，大恒偏偏又性急，结果就把顺序完全颠倒了过来。

小蔡是个海归型全职太太，丈夫在外企任高管，任何时候的她都要精致打扮，一丝不苟，普通话里杂着淡淡的吴侬软语腔，给人一种恰到好处的熨帖感。从未听到丛志夸赞过哪个女人，但在见了小蔡两次之后，他便当着姜之悦的面说"这个女人真有味道"。

姜之悦顿时就有了醋意，回他一句："你想尝尝吗？"说完，又觉得自己真是无聊。

人家的确是蛮有味道的嘛，别说丛志喜欢，作为一个女人的她不也是挺喜欢的吗？只是设想当初，如果同时遇见小蔡和自己，丛志烈火一样的激情无疑就献给了小蔡吧。这么一想，姜之悦的自信就要备受打击，丛志也要被她看成一个喜新厌旧的好色之徒。那么，她一直视为生命的爱情岂不就变成了笑话？

嗨，生命是生命，爱情是爱情，二者压根就不能当作一回事情。爱情可以没有，生命总要坚持，为了那些爱你和你爱的人。通过丛志，姜之悦一步步走向了自己，这个她深爱着的男人不过就是自己生命中的过客，她的归宿不在他那里，故此她不是要走向他，而是经由他抵达自我。孩子也是一样，只是帮她敞开了认识自己的又一扇门。她爱她生命中的人们，但是不该为此忘记爱自己的生命。

一个人的存在感不是由同事来决定的，也不是由闺密来决定的，同样不

4. 闺密

是由爱人和孩子来决定的，它只能是由自己的爱和自由来决定的。她不该在丛志身上寻找什么爱情，只需把他作为丈夫，作为海童和海心的爸爸来爱就好啦。想到这里，姜之悦有些释然，有些伤怀，一股强烈的孤独感倏然袭上心头，她又沉浸在了欢畅的泪水里。

如果没有婚姻，她该如何认识爱情？婚姻是爱情的坟墓，爱情何尝又不是婚姻的坟墓？她选择了爱情，然后选择了婚姻，毫无遗憾的选择，如何又会有莫名其妙的怅然若失感呢？是因为害怕孤独吗？爱情中的她没有孤独，是婚姻把孤独带进了她的内心，但是海童又让她忘却了孤独。是的，仅仅是忘却，不是消失……

电话铃响起，小蔡约她去做美容，说朋友新开一家高端美容会所，最近在搞限量免费体验。

若是往常，姜之悦多半就会谢绝，但今天的心情却让她爽快地答应了。

坐进车里，一股神秘的芳香似有似无，正是小蔡身上的味道。她问小蔡用的是什么牌子的香水？小蔡从手边的绿色皮包里摸出一个紫色的长方形小瓶递给她。

姜之悦攥在手里看了看，没有看懂，她知道的香水品牌本来就不多。

"爱马仕新款。"小蔡说。

"哦，叫爱马仕呀，我还以为叫赫尔墨斯哪，那个希腊神话里的神灵。"姜之悦自嘲地"哈哈"一笑。

小蔡也笑了："你还别说，说不定真跟赫尔墨斯有关系哩。"

"我喜欢这个味道。"说完，姜之悦又想起丛志"这个女人真有味道"的话来。

"你要是不嫌弃，就拿去好啦，我没用过几次的。"

"谢谢，不用，我平时不怎么用香水。"

"那我送你一瓶新的吧，用过的的确不好送人的。"她接过香水，重新放进包里。

"你千万别，我真不需要。"

小蔡扭头看了她一眼："你不要客气啦，海童妈，我是把你当闺密待的哟。"

闺密？小蔡的这句话让她颇有些难为情，她们俩真的是闺密吗？

距离不近也不算远，二十分钟后，她们来到那家美容会所。会所装修得极其奢华，服务令人受宠若惊。小蔡的朋友同样是个精致讲究的人，前来体验的顾客们也个个精致讲究，姜之悦在这里又成了格格不入的另类。再一了解价目，姜之悦真有点后悔来了，自己的消费能力压根就不属于这个群体。

小蔡把姜之悦领进一个双人间，两人各自在美容床上躺下。

小蔡说："你的皮肤真好，那么细腻，没有一粒斑点，应该好好养护才是哟。"

"好啥？一个夏天晒得黢黑。"

"所以我轻易不敢往海边跑，我的皮肤一晒就起疹子。"

两个年轻的美容师走了进来，姜之悦和小蔡不再说话。

"姐姐的皮肤这么白。"在姜之悦身旁落座的那个美容师说。

尽管觉得这话听上去像是玩笑，姜之悦还是认真地说了一声"谢谢"。

娴熟体贴的手法瞬间就把姜之悦推进了某种回忆里，那更像是梦境，但未等她向这梦境的深处探个究竟，便直接滑落入真实的梦里，轻微的鼾声从这梦里逃逸出来……

醒来时，那两位美容师已经不在，窗帘也被合上，床头有幽暗的灯光；姜之悦看看表，两个小时过去了，她坐起身。

小蔡也跟着醒了，伸了个美美的懒腰，问："舒服吗？"

"舒服极啦。"她穿上鞋，去把窗帘拉开，床头的灯光自动熄灭了。

转身之际，姜之悦遇见镜中的自己，她好不惊讶，走上前去，凝视着自己

4. 闺密

的脸,仿佛在辨认着一个似曾相识的人。

"效果不错吧?"小蔡问道。

"我差点都没认出自己来。"

"你长得很美,就是对自己不够上心,所以我想要拯救你一下。"

"哈哈,我可没这么多钱拯救自己。"

"不单单是钱的问题啦,关键是要对自己上心哟。"

姜之悦对小蔡的这句话不知该如何表态,她也不是一个对自己不上心的人吧?再说,她并不觉得把时间都花在打扮和穿戴上,那就是对自己上心。可是,要问她是如何对自己上心的?她倒真也回答不上来。

离开美容会所,姜之悦不免纳闷,问小蔡:"她们怎么没建议咱们办卡呢?"

小蔡道:"她们是会员制,缴年费,一般都是会员自己推荐和发展的。"

"噢,年费多少?"

"三万起步。"

姜之悦轻轻"嘘"了一声,轻得只有她自己能听得见。

"你这位朋友看上去很能干。"

"是的,在全国开了十几家连锁店。我们是在英国留学时认识的。"

"她也是海归?"

"没错呀,她学的是商科,比我多读了一年,是硕士。"

小蔡说得轻描淡写,姜之悦听了却颇觉费解,她们留学的目的到底是什么呢?就为了当全职太太或者开美容店?她想问问小蔡这个问题,又怕她误会自己有偏见。也许,自己就是有偏见吧,她根深蒂固的某些价值观决定了自己和小蔡之间有着难以逾越的障碍,虽说她们之间的年龄差不过四岁。

小蔡将车拐进那条美食街停了下来,说:"你早饿了吧?咱们在这里吃饭吧。"

姜之悦左右看看,道:"好呀。"

"威府的徽菜做得蛮好,你有来过吧?"

"没有。"姜之悦在纳闷,我跟她说过我是安徽人吗?

"那不妨进来尝尝。"

"好的,我请你。"

"不用客气的,我请好啦。"

二人选了一个靠窗的角落坐下,姜之悦想着自己要请这顿饭,便多点了几道菜。

菜单最后交给小蔡过目时,小蔡划去了一半,说:"它家菜量不小的,咱两人两个菜一个汤就足够啦。"

举筷时,姜之悦还是忍不住用关心的语气问小蔡:"你怎么不让老人帮你带孩子?这样不就可以出去工作了吗?"

小蔡用纸巾擦擦嘴唇,又掏出化妆镜照了照,摇摇头。

"是老人不方便吗?"

"不是的,"小蔡说,"孩子还是要自己带,父母的陪伴对孩子安全感的建立特别重要。再说,老人家的教育理念跟我们免不了要冲突的。现在在家带孩子就是我的工作,而且是比出去工作重要得多的工作。带孩子这工作一旦错过,就永远弥补不了啦,社会上的工作随时都可以找到的呀。"

原来她是这么想的啊,看着对面的小蔡,姜之悦不由得怔住了。

"吃菜呀,你怎么又盯着我看?哪出了问题吗?"小蔡赶紧再次掏出化妆镜来。

"啊……没有,抱歉,我的脑子刚才开小差啦。"

"你的学生是不是都挺怕你的?你一严肃起来,目光好吓人的。"

"没有……"姜之悦有些不好意思了,低下头,"其实,我倒是挺怕学生的。"

4. 闺密　053

"为什么呢？"

"有时候，我站在讲台上，忽然会觉得脑子里一片空白，什么都讲不出来，就像是在做噩梦一样。"

"你教多少年书啦？"

"有八个年头了。"

"那还会觉得紧张？"

"可能是我并不适合这个职业吧。"

"别说，我最羡慕你这个职业啦，带孩子和工作两不误，多么理想的职业啊。"

"还行吧……"姜之悦没有再像往常那样辩驳，既然好多人都说羡慕她的职业，看来这职业确有值得羡慕之处吧。

不过，姜之悦倒并不觉得这职业对于她有多理想，最初择业时的自己什么都不懂，也没设想过将来要当大学老师，若不是丛志，她可能就留在省城当公务员了吧。

公公去世后，姜之悦方才恍然意识到自己这一职业的好处，有大把的闲暇让她省去了雇用保姆的麻烦。那些有保姆的邻居，但凡聚到一起，总有说不完的关于保姆的坏话。因此，在姜之悦看来，保姆就是种可怕的人类，最好不要请到家里来。

吃完饭，已是下午两点多了，小蔡要付账，姜之悦紧忙把她推到一边，小蔡也就没再坚持。

姜之悦交钱时，小蔡拿出一张卡出示给收银员，说："我是VIP。"

收银员双手接过卡，在仪器上插了一下，说："打八五折。"接着，又退还姜之悦四十几元钱。

姜之悦头一回听说"VIP"这个词，不知道是什么意思，也没有问。总之，她知道小蔡的世界里有许多跟自己不一样的地方。倘若不是住在同一个小区，她们俩的生活不会有任何重合的可能。

回到小区，姜之悦没有进家，看看表，离海心放学的时间挺近了，便慢悠悠地朝海心的学校走去。

海心的班级是第一个出来的，姜之悦在熟悉的队列里找到海心，发现她的神情有点不大对劲。

"今天过得不开心吗？宝贝。"

海心不说话。

走到人少的地方，姜之悦停了下来，继续问道："今天挨老师批评啦？"

海心摇头。

"有同学欺负你啦？"

海心还是摇头。

"那你为什么这么不开心呢？快跟妈妈说说吧，要不妈妈也不开心啦。"

"我没有朋友。"话一出口，海心的嘴巴就撇了起来。

"你怎么会没有朋友呢？爸爸妈妈，还有海童，不都是你的朋友吗？"

"不是，你们是爸爸妈妈和弟弟，不是朋友。"

"哦，妈妈明白啦，你说的是跟你差不多大，可以一起学习，一起玩耍，互相说悄悄话的那种小女生吧？"

海心点点头。

"我们把这种朋友叫作闺密。"

"闺密？妈妈，你有闺密吗？"

"有啊。"

"你的闺密是谁？"

"……比如大恒的妈妈小蔡阿姨。"

"今天苏老师让我们写作文，题目叫《我的朋友》，可我不知道该写谁？我想了想，我没有朋友。"

4. 闺密

"原来这样啊……妈妈小时候也写过这样的作文,你知道妈妈写的是谁吗?"

"写的是谁?"

"我家的那只大黑猫,校长先生。"

"校长先生是什么?"

"校长先生就是我家那只大黑猫的名字呀,你姥爷给取的,说它长得特别像他当年的中学校长——天天穿着一身黑衣服,肥头大耳的,脸绷得紧紧的,所有的学生都害怕他。"

"大黑猫校长先生……"海心"嘿嘿"笑出了声,"那只大黑猫现在在哪里?"

"早死了。"

海心顿然现出悲伤的表情:"妈妈,你会死吗?"

姜之悦点头:"所有的生命都会死,但死后就再也不会死了。"

"我不要妈妈死……"海心扑进姜之悦的怀里,"我要妈妈永远活着……"

"好,妈妈答应你,妈妈要为海心好好活着。"她瞅一眼手表,"走,咱们该去接弟弟啦。"

路上,海心又想起她的作文,道:"妈妈,可咱们家没有大黑猫啊?"

"你不是有弟弟吗?可以写他呀,弟弟也可以是你的朋友呀。我要是你的话,就会这么写——海童是我的弟弟,比我小两岁,他是我最好的朋友。他不爱说话,但和他的海豚玩具总有说不完的悄悄话,而且,他是个游泳天才,一到海里就变成了真正的海豚,一口气能游到好远好远……"

望得见幼儿园的大门时,海心甩开妈妈的手,蹦蹦跳跳地向前跑去。

接上海童,海心一直拉着他的手,表现得比往常更加亲热。

姜之悦瞥了一眼海童手里的海豚,说:"海童要是写《我的朋友》这篇作文的话,我猜他一定会写这条海豚吧?"

"那我不是海童的朋友吗?"

"你当然是啊。"

"那他为什么不写我呢?"

"哦,妈妈猜错啦,海童一定会写你的。"她抚摸了一下海心的脸蛋,"海童,姐姐是你最好的朋友吧?"

海童没有反应,踢着脚下一片飘零的银杏树叶。

"海童,姐姐是你的好朋友吗?"海心拽了拽海童的手臂。

海童照旧追着那片树叶踢。

"海童,"海心提高了音量,用身体拦住海童的目光。"看着姐姐,你是姐姐的好朋友吗?"

海童瞪着海心的眼睛,愣了一分钟,点点头。

海心在海童的脸上亲了一口:"海童真棒!"

海心这副小大人的模样把姜之悦给逗乐了,她不禁想起海心上幼儿园时,常在家里独自模仿老师说话的情景。

"妈妈?"

"嗯?"

"要是下次苏老师让我们写《我的闺密》,那可怎么办?"

"这个……你可以发挥你的想象力呀,编一个闺密出来。"

"这不是说谎吗?妈妈。苏老师说,写作文一定要真实。"

"想象跟说谎可不是一回事呀,想象是创造,创造就是无中生有,比方说,以前没有电灯,但是爱迪生通过想象,就创造出电灯来了呀……汽车、飞机、电视机都是这么创造出来的;说谎可什么都创造不出来哟,那仅仅是欺骗。"

"那我能创造出一个闺密吗?"

"当然能啦,而且不止一个,如果你想的话,你可以创造出好多个闺密。"

"那怎么创造呢?"

"所以需要发挥你的想象力呀,先想想,你喜欢什么样的人做你的闺密?再想想,怎样做才能让她成为你的闺密?"

海心不再作声,垂下头,似乎开始了想象。

正吃着饭,下起小雨,姜之悦对海童说:"今晚去不了海边喽。"

海童撂下饭碗,走到窗前,观察了好一会儿,好像不想承认这是雨。

天气已经转凉,海童仍然无所畏惧,每天照样要下海,而她和海心早已经不敢了。

海童等着雨停,雨非但不停,反而越下越大,伴着电闪雷鸣。天瞬间就黑了下来,海童彻底死了心。

姜之悦给他们放了二十分钟动画片,然后又给他们读了一段故事,便打发他们洗漱上床。

回到自己卧室,姜之悦没再看书,直接关灯躺下。海心说自己没有朋友的话,又在她的大脑里有了回声。何止海心没有朋友?海童又有朋友吗?不过,海童压根就不需要朋友。

从一开始,姜之悦就在积极为海童建立伙伴关系,试图让他融入群体里去,然而海童偏偏就融入不进去。最多,他只能和大恒玩上两分钟的时间,之后便要立即返回到自己的世界里。久而久之,姜之悦也就不再那么刻意。

事实上,如果不是忌于自闭症的话,姜之悦完全不会在乎海童的社交能力。她从不认为社交是一种能力,相反,在丛志的社交生活中,她最终体认到的是一种空虚和无聊。那些饭局,那些酒场,充斥着虚假的话语,只会让人的肉体距离精神愈来愈远。

吃大的胃,喝醉的脑,一具日益膨胀变形的躯体分明就是精神空间的坟墓。一个善于独处的人才可能是拥有精神空间的人,她想起胡适引用的易卜生作品中的那句话:"世上最强有力的人就是那最孤立的人!"一个最强有力的人不可能没有朋友，关键是他可以不依赖朋友。相比于朋友，她更希望海童能成为那最强有力的人。

可是，海心是需要朋友的，她理解女儿的心情，自己像海心这么大的时候，伙伴在她的世界里占据着大半的空间。或许是由于海童的关系，她疏忽了这一点，几乎没有关注到她同伙伴的交往。她怀疑自己在无意识中受到了海童的影响，也喜欢起了独处的时光。丛志把她带进两个人的世界，海童又把她还给了她自己。

姜之悦感激海童对她的启示，但这对海心显然是有失公平的。她时刻提醒自己不要因为海童而慢待了海心，现在看来，这信誓旦旦的诺言实在有点过于乐观，她的理智并未强大到足以左右自己的情感。

这些年来，她疏远了原生家庭里的亲人，也疏远了同学和同事，这种疏远是有意的，也是无意的。她在疏远中得到了清静和安宁，但也失去了往常曾有的快乐。过去她太关注丛志，而今又太关注海童，她总是容易受到别人的影响。也许她不愿承认他们是别人，可他们真就等同于她自己吗？为什么在她独处的时候，总有一种不安和失落隐隐伴随？

她是孤单的，她不是孤独的，孤单的人没有自我陪伴，所以她不是那最孤立的人，可以通过自我的支持成为世上最强有力的人。她找到了另一半，但也丢失了另一半：我找到了你，却丢失了自己。

海心提醒了她，海心应该有她自己的世界，她不能依照自己此刻的意志为海心搭建一个世界。她有好久没回老家过年了，今年就带两个孩子回去一趟吧，让他们同小表哥小表姐相互认识一下。

说到回家过年，姜之悦的心情即刻又暗沉下来。她刚结婚那一年，丛志为了照顾她的情绪，主动提出可以去她家过春节。姜之悦把这当成了一个给爸妈的惊喜，没有通知他们，便赶在除夕的前一天回到老家。可她见到的却不是预期的惊喜，而是父亲的不满。

4. 闺密

父亲当即要求他们返回，说嫁出去的女儿怎么可以在娘家过除夕？岂不坏了千百年的传统？要来也只能在年初二这一天呀。这还把公婆放在眼里吗？他姜家不是那种不通事理的人家，绝不允许街坊邻里看他家的笑话……

险些气疯的姜之悦二话不说，拽上丛志扭头就走。当晚已经没有回程的火车和汽车，他们只好在车站附近的宾馆里住了一夜。

自此之后，姜之悦便在心理上同她的原生家庭彻底断了联系，再无想家的感觉。不过气愤过后，姜之悦很快就原谅了父亲，更准确地说，她不想为此对父亲耿耿于怀。父亲有父亲的认知，这也不是他一个人的过错，她就权且把这理解作父亲让她长大了吧，她首先是别人的妻子，是别家的儿媳，而不再是她的孩子。

一道闪电洞穿厚厚的窗帘，一阵惊雷接踵而来，姜之悦急忙下床来到海心海童的屋里。

海童没有任何反应，裸露着半个身子，海心在上铺翻了个身。姜之悦轻轻拍拍海心的后背，替两人重新盖好被子。她没有马上离去，而是继续在黑暗的房间里站了一会儿。

雷声走远了，只剩下密集的雨滴，滔滔不绝地讲述着一个令人恹恹欲睡的故事。

5．早恋

挂断苏老师的电话，姜之悦望着茶几上的鱼缸发了足足有十分钟的呆。鱼缸里的世界和她此时的世界一样宁静，但她仍不免有些羡慕那游来游去又不声不响的鱼儿。鱼儿的天地如此狭小，可它却不以为这是禁锢，倒是简单。

姜之悦弯下腰去，想来个倚墙倒立，但是忽然发现她的身体已经离开了自己，它在变得沉重，变得笨拙。尝试几次，她才得以将后背稳定在墙上。

上小学时的她，一有不顺心的事情就喜欢倚墙倒立。把自己颠倒个个儿，让一切跟着倒转过来，这个世界的顺序自然也会随之发生逆转。烦恼的另一端正是欢乐，换个顺序，欢乐便可到来。

然而，今天看到的却并非她以为的，童年的记忆或许只是一种错觉。书架、茶几、鱼缸、沙发、花盆……它们的方位根本没有颠倒过来，它们依然是原有的顺序。不同的只是她的视角水平线降低了，首先映入她眼帘的是贴近地板的那些东西，包括隐藏于书架、沙发和电视柜底下厚厚的污垢。她仅仅是看到了平时没有注意过的那些东西，她的心情还在那里，并没有被另一种心情所取代。

姜之悦最怕接到两个人的电话，一个是苏老师，一个是倪老师。不是海心又有问题，便是海童又有问题。她原以为等孩子上了小学，自己就会稍稍轻松一些。谁知，海心上了小学，自己的事情反而变得更多。要给海心报听写、检查作业、监督背诵，还要帮她做手抄报，本该是老师和学生自己的事情，都要由家长来代劳。

姜之悦试着跟苏老师沟通过几回，可苏老师的意思是，对于学生，老师要教，家长也要教；倘若家长对自己孩子的学业都不重视，那又凭什么指望老师重视呢？

苏老师大学毕业刚刚入职，说话的口吻俨然是把姜之悦也当成了小学生。这种唯我独尊的身份意识姜之悦并不陌生，她那个时代的小学老师给她留下的多是这种印象，但令她无法接受的是，这么多年过去了，它居然流传成了一种传统。

对此，姜之悦也只能无奈应付，心想，等海童入学，她坚决不再插手他的学业，要让他认识到，学习就是他个人的事情。

前年秋天，海童入学，班主任是倪老师。姜之悦不给他报听写，不给他检查作业，不监督他背诵，也不帮他做手抄报。不过，海童也从来不麻烦她，好像他自己一律都可以搞定。

姜之悦有时还是不太放心，问海童需要报听写吗？海童总是摇头，显然，他并不喜欢母亲过问自己学业上的事情。

但是没过几天，倪老师便又来了电话，问她有没有检查丛海童的语文作业？

姜之悦说没有。

倪老师说有好几个错字，全班就他错得最多。

姜之悦终于把一直想跟苏老师要说而没能说出的话说了出来。她说，我认为学习是孩子自己的事情，他应该学着自己独立去完成，而犯错误正是学习不可避免的一个必要过程……

倪老师半天没作声，姜之悦以为通话断了，"喂喂"好几声，才听见倪老师说"我在听"。

姜之悦担心自己说得有些多了，便以一句"请您理解"中止了自己的意见。

倪老师又沉默半分钟，清清嗓子，似乎有些尴尬，说了一句"好的，我知道啦"，随即结束通话。

姜之悦揣摸不透倪老师的心思，她是真理解了自己的想法？还是只是认为自己在自以为是？放下话筒后的那一个上午，姜之悦都有点惴惴不安，担心自己得罪了倪老师，这可绝不是她的本意。

可怜天下父母心，她姜之悦本就不是个爱琢磨别人心思的人，如今因为孩子，竟也开始变得反常。这不是她喜欢的自己。可转念一想，究竟有什么好怕的呢？这个倪老师又能把海童怎么样呢？还是自己想得太多了吧？师生之间毕竟不是敌我关系，也不是商业关系，用不着计谋和钻营。学生只要尊重老师，尊重同学，认真学习，老师对其又能"夫复何求"呢？

果然，倪老师此后再没因为作业的事情给她打电话，海童其他科目的老师也没因此给她打电话。一段时间过去，姜之悦又开始担心儿子的老师们是不是都决定把他放弃了。于是，她主动跟倪老师电话联系了一下，谦虚地询问海童在学校里的表现。

倪老师说这孩子几乎不说话，让他背诵，他只动嘴唇，是不是有语言方面的障碍？

姜之悦说没有，海童不是哑巴，他从小就是这么说话的，不愿发出声来，最多吐出一个有声音的字。她都是通过他的口唇来识别他所说的话。

倪老师说，您真厉害！有没有带他去看过医生呢？

看过，她说，医生也没看出什么问题，只说海童的发声功能一切正常。

那可能就是心理方面的问题吧，倪老师说。

5. 早恋

对于这个问题，姜之悦没有多谈，她只希望老师和同学们都能把海童当作一个正常的孩子来对待。所以海童入学时，姜之悦没有主动事先告知海童这些与众不同的状况。这么做还出于另外一个原因，即海童近些年来的表现，让姜之悦越来越不接受医生当初的诊断。海童与真正的自闭症儿童很不一样，虽说他喜欢沉浸在一个人的世界里，重复做着同一件事情，但对于他人的召唤，海童却不是没有回应的。况且，这种回应已经愈益显明了。

姜之悦完全有信心，上了小学后的海童一定会变得更好。

海童是个挺特殊的孩子，倪老师说，我们就尽可能地多关心一下他吧。没准，这孩子属于一个另类天才哪。

谢谢倪老师能这么说……我听了真是太感动啦……姜之悦的喉咙一紧，泪珠滚落出来。

顷刻间，倪老师重新唤回了姜之悦对这个时代教育的信任，这么多年过去，进步总还是有的。或许倪老师也只是个偶然，但终归属于一个实实在在的希望。这希望值得庆幸，她为海童感到高兴。

经过倪老师和苏老师这一对比，姜之悦认识到，学生的许多问题反映出的恰恰是老师的问题。她原本为海童做好了操碎心的准备，没料到，上学后的海童倒是风平浪静，学习不用她管，考试成绩却是班里的第一。海童即使是发着烧，也不愿意请病假。看得出，他对学校是相当喜欢的。姜之悦那颗悬了许久的心终于踏实落地，她一直最担心的就是海童厌恶学校。最担忧的事结果没有发生，这对于姜之悦就是莫大的幸福。

毕竟是越来越大了，海童一定比幼儿园时更有能力往大海里跑，但是没有。不过，姜之悦也尽量满足着海童每天要去海边的习惯。入冬时的海水已然很凉，海童不怕，姜之悦也就随他在海里游个痛快。

她在岸上冷得瑟瑟发抖，他在水里游得热火朝天。

只有风大的时候，海童才肯听她的劝阻。那冬天的风像个冰块似的贴在她的脸上，感觉脸皮马上就要被冻脱落了。再多待上一秒钟，她可能就会全身丧失知觉。她只好上演苦肉计，缩头抱膀地跺着脚，嚷嚷自己快要冻死了。

那夸张的表情成功打动了儿子，海童的脸上也现出痛苦的痕迹，随着她的脚步加快了撤离的速度。

现在海心倒成了最让她头疼的孩子，差不多每周苏老师都要找她一次。一年级时说海心字写得不好，建议她报个书法班。姜之悦不满这个建议，没有理会，买了个字帖，看着海心每天练。二年级时，苏老师又说海心的数学能力太弱，建议给她报个数学课外班。苏老师一再强调，她问过了，班里的孩子都报了奥数班，唯独海心没有报。

姜之悦了解过一些奥数，什么鸡兔同笼，什么盈亏问题，颠来倒去，看得她眼晕，纯粹就是在捉弄人玩。她不认为这种奥数对孩子心智的成长会有多大意义，相反，它甚至可能会让孩子心智的成长迷失方向。学习这些，倒不如学学画画和舞蹈。为此，她再一次抵制了苏老师的建议。

可是，海心的数学委实是个问题，指望她自己暂时是看不到希望的。一年级时还能考到90分，二年级时便掉到了80分，到了三年级则只能勉强及格啦。对于数学，海心好像完全没有感觉。丛志说，她可能还没到开窍的时间。问题是，她到什么时候才能开窍呢？

姜之悦给海心买过不少数学习题集，天天盯着她做，收效依然甚微。她的主见不得不开始发生动摇，难道必须要给海心报个数学课外班吗？一个这么低级的小学阶段至于如此吗？

小蔡提醒她说，这肯定跟遗传基因有关吧，毕竟海心不是他们生的孩子，说不定海心的亲生爸妈就对数学一窍不通哪。不行就报个补习班呗。本来数学就不好，加上班里其他孩子都在报班拼命超前学，想想海心得有多被动？最不利的是，这对海心的自信会造成极重的打击。这种影响可不能小觑，将会是一生的隐患哎。

5. 早恋

经小蔡这么一说，姜之悦浑身顿时冒起虚汗，疑心自己的决策真可能把海心给耽误了。她不再犹豫，立马去小区门口给海心报了个数学补习班。

小蔡也给儿子报了好几个课外班，但都是体育方面的：击剑、足球、攀岩……海童什么课外班都没报，姜之悦倒曾想让海心学学画画和芭蕾，海心表示不愿意，她也就没再勉强。相比之下，自己对孩子似乎是不那么上心，但她很清楚自己不是这样的。她希望孩子们自然成长，有个自由快乐的童年，所以不想依据自己的意志强行干预他们成长的节奏。

大海不就是海童的课外班吗？还有比这个更好的课外班吗？是天然的，而且是免费的。

对于这个数学补习班，海心抵触得不得了，总是恶狠狠地跺着脚去。姜之悦难免要跟她生气，最后坚持了半个学期索性放弃。数学补习班也并不万能，海心的数学成绩仍旧不见起色。姜之悦只得把这归结于海心的命运，她不再为此上火。就随它去吧，海心终会找到她自己的人生道路。

数学这个坎儿暂时就这么搁置下了，可海心的问题照样还在继续。方才苏老师又来电话，请她下午在接孩子放学前去她那里一趟，说要跟她谈谈丛海心的早恋问题。

早恋？姜之悦差点笑出声。一个四年级的孩子也能和早恋扯到一起？这个苏老师太喜欢小题大做了吧。她真想纠正一下苏老师，这应该叫作异性之间的友情，不是爱情，所以不能称之为早恋。但为了避免误会和不愉快，姜之悦还是按下了自己的想法。

小学一年级的时候，姜之悦喜欢过他们的班长，常常幻想将来要同他做的那些事情。但在一次体育课上，她发现他在嘲笑一个跑得慢的女生，便立刻丧失了对他的所有好感。她对他的喜欢，持续了不足两个月。

这种喜欢算得上早恋吗？后来，陆陆续续，姜之悦还喜欢过好多男生。最难忘的是高三那年，她喜欢上了那个地理课代表。她的地理成绩是各科中最薄弱的，时常要向他请教。听他讲解，很是一种享受，比他们地理老师讲得要明白多啦。

他小时候去过许多地方，连新疆西藏都去过，一跟她讲起他走过的名山大川，就陶醉得忘了时间。她听得也陶醉，仿佛正和他一起在漫游那些名山大川。

尽管双方都明白高考迫在眉睫，决定命运的时刻容不得半点疏忽，但两人还是要想方设法找时间往一块凑。下了晚自习，他就陪她一起回家。他们的家在两个相反的方向，他的家离学校很近，步行十分钟即可到达；她的家离学校不近，骑自行车需要半个小时。

他帮她推着自行车，两人就这么慢慢地走，走到她家，他再走着回去。两个人一路有没完没了的话，大多数时间都是他在讲，她在听。往常，她倒是挺能说的，可一到他的面前，她却只想听了。

路灯，星星，月亮，没有尽头的马路，都在含情脉脉地陪伴着他们，表达着矢志不渝的忠贞。直至今天，姜之悦走在夜晚的马路上，某种怀念的忧伤仍会蓦然袭上她的心头。所有的路灯，所有的星星，所有的月亮，所有的马路，今生都是属于她和她那个地理课代表的。

他们不忍离去，他们渴望终生的陪伴，夜晚的光芒已然更加深情，他们被这深情塑成了一座动人的雕像。雕像浑然不知，阒寂的街道上出现了一双警觉的目光。那是她的父亲。

已经到了午夜，一觉醒来，他发现女儿居然还没有回来，赶紧出门寻找……

第二天，父亲开始每晚骑车接她回家。班主任分别找他和她谈了话，之前已跟他们各自的家长也谈过话。

班主任说，你们是班里的学习尖子，是同学们学习的榜样，要珍惜自己的带头作用。学生只有学习的资格，没有谈恋爱的资格。

5. 早恋

班主任的语气始终都很温和，充满关心，最后对她说，依我看，你们两个确实挺般配的，就往一个大学里考吧。

她父亲的反应却不是这么温和，要不是她拼命拦着，他真有可能对他动手，好像他是在欺负自己的女儿。本想不依不饶，后来听班主任说这孩子的学习成绩是班里最好的，他也就立马没了脾气，但仍然警告女儿不许再和他靠近。

她问他有没有挨父母的批？他说没有。不过就此，二人的关系明显开始疏远起来。说不清是什么缘故，或许是彼此都把心思投入到备战高考上了吧。黑板边上那行红色的大字每天都在提醒着：距离高考还有41天、40天、39天……

高考成绩发榜，他俩考得都不错，她的地理分数竟然比他还高出两分，是她所有科目中考得最好的。填报志愿时，两人没有商量，各填各的，结果去了不同的大学。

大学期间，两人一直保持着通信联系，假期偶尔也跟同学们一起聚聚，然而关系始终没能继续向前发展。毕业后，她读了研究生，他出了国，两人从此再无对方的音讯。

想起他，姜之悦总有那么一点点遗憾，一次美好的相遇还没有正式开始便戛然而止。父母和班主任都把他们的交往视为早恋，可他们在一起时，从未谈及过情感上的事情。他们没有说过爱，也没有说过喜欢。他们没有拥抱过，更没有接吻过，甚至连手都没有拉过。

那么，这能叫恋爱吗？曾经，姜之悦把这次经历当成自己人生中的初恋。但等后来体验到了真正的恋爱，她又重新定义了自己的初恋。

所谓青梅竹马，两小无猜，那都不过属于孩童间最纯真的友情，而成人们偏偏喜欢将其视作完美爱情的前奏。其实，它并不指向爱情，亦不必指向爱情，即使真的成为了爱情，也并不必然完美。

姜之悦针对那个地理课代表的遗憾,不是没有成为夫妻的遗憾,而是没有成为恋人的遗憾。倘若真的成为了夫妻,她又能保证他不是另一个丛志吗?

真正相爱的人是不必走入婚姻的,婚姻需要的是另一种爱。

苏老师的办公室里没有人,她便在走廊里站着等她。不到五分钟,苏老师从走廊的另一头匆匆走了过来。

她请姜之悦在对面的椅子上坐下,从抽屉里摸出一张纸递给她。

这是从数学练习簿上撕下的一页,上面的字一看就是海心的:

亲爱的子迁:

你是这个世界上我最爱的人!请你一定要相信我,真的,我愿意为你献出我宝贵的生命。我送给你的那个薰衣草笔记本,你为什么又还给我了?我希望你打开它的时候,一闻到薰衣草的花香,就会想起我,仿佛我就陪伴在你的身边。

你把它还给了我,真叫我伤心得很,但我不会怪你的。你知道薰衣草的花语是什么吗?

永远爱你的海心

"呵呵……这孩子……"姜之悦有点哭笑不得,又有点尴尬难过,怀疑自己是不是对女儿爱得不够?不然她怎么要到别人那里去寻求爱呢?

"这是裴子迁的家长交给我的,现在,我已经把他俩分开坐啦。"

"哦……苏老师,希望你不要为这件事情批评海心,我怕会伤害到她的心理……回去我一定好好做做她的工作,可能是我对这孩子的关心存在问题。"

"我没有批评她,只是得让你知道这件事情。丛海心这孩子非常敏感,有点早熟,喜欢跟男生在一起玩,我是担心她再大一些,会出什么问题。"

5. 早恋

"谢谢你的提醒，让你费心啦，苏老师……"

下课的音乐铃声骤然响起，她们一同起身，离开办公室。走到楼梯口，苏老师转身朝教室走去，姜之悦下了楼，走向校门外，融入正在等待孩子们放学的家长队伍里。

看来，说苏老师小题大做也是武断了，海心这封信明明就是情书嘛。现在的孩子也真是早熟，这么小的年纪就会写情书。即便她不认可这是早恋，但在形式上，它完完全全属于恋爱的性质。她想，尽管她不可能将这种恋爱当真，但海心的情感无疑是真实的，就像自己当初喜欢那个地理课代表一样的真实。

她回忆着自己的当年，想象着海心内心的憧憬和忧伤。她该如何跟海心将这个话题打开？

海心和海童已走到她的面前，她还没有发现，目光仍停留在校园里正在往外走的那些孩子身上。海心拽了一下她的手臂，她才如梦方醒似的"唔"了一声。

她注意看了一眼海心的神情，没看出有什么不愉快的迹象。她将海心的手稍稍握紧了些。

"今晚我要做酸菜排骨。"她说。这是海心最爱吃的菜。

"哇，太好啦！我爱妈妈！"海心的脸在她的手臂上紧贴了一下。

姜之悦的嘴角一弯，想到"子迁"这个名字。将来谁会是海心最爱的那个人呢？

"今天的作业多吗？"她问海心。

"我都在学校做完啦。"

"你呢？"她摸摸海童的后脑勺。

海童摇摇头。

平时的海心一顿也就一碗米饭，偶尔两碗，有了酸菜排骨，那定是要吃上三碗的。

她和海童都已经吃完，海童对排骨没有兴趣，只吃自己的素菜。海心则还在那里用筷子捅着骨头眼里的骨髓。似乎，那一点点的骨髓比大块的肉还要香。吃排骨时的海心是最认真的。

"吃完饭，跟我们一起去海边怎么样？"

"为什么？"

"妈妈想要你陪呗，咱们俩有好久没在一起散步了吧？"

"好吧。"

往常，多是她和海童一起去海边，海心留在家里写作业。

冬天黑得早，他们出门时天还亮着，没走到一半，天就黑了。路灯，星星，月亮，没有尽头的马路……不，马路已经有了尽头，那是海。好像……这也是她人生的尽头。

今晚没有风，海边的寒意不那么明显，但依旧是一个人也没有。人人都喜欢夏天的海边，她却独爱这冬日的海，爱这份难得的静谧，爱那在白浪中翻飞的海鸟的孤影，她已渐渐学会与冬天的大海相处。

真该感谢海童的执着，若不是他，她或许终生都会远离冬天的海。

海童摇摇晃晃地奔向沙滩，将海边的石头翻来翻去。对他而言，每一块石头下面都藏着一个神奇的世界。

"好冷。"海心说。

姜之悦搂住她："咱们跑跑步吧。"

两人在栈道上跑了起来，海心的身体飞鸟一样轻盈，将妈妈远远甩在后面。

海心在栈道的尽头等她，她想加快脚步，却未等尝试便慢慢走了起来。她在心里嘲笑着自己，即使心不老，身体却不敢说不老了。那个举步如飞的自己静止在记忆里，她早将自己的身体遗忘到了九霄云外。

5. 早恋

"还冷吗？"她气喘吁吁地问道。

"一点都不冷啦。"

她们开始往回走，姜之悦的心脏仍在卖力地跳动，呼吸声也仍是那么的清晰。

待喘息的频率降低下来，她小心翼翼地问海心："海心，你知道什么是爱情吗？"

海心的头立刻低下，想了想，说："就是你和爸爸那样呗。"

"海心喜欢什么样的男生呢？"

"……学习好，会关心女生的男生。"

"嗯，妈妈当年也是这么认为的，妈妈也只喜欢这样的男生。"

"妈妈喜欢过男生吗？像我这么大的时候。"

"当然啦。"海心轻轻点点头。

"你们班谁是这样的男生呢？"

"裴子迁。"

"裴子迁？他长得帅吗？"

"帅。"

"有多帅？妈妈倒真想见一见他。"

"班里同学都说他长得像裴勇俊。"

"噢，就是那个韩国影星？"

"嗯。"

"你看过他出演的影视剧？"

"没有。"海心直摇头。

"那你怎么知道他长得帅呀？"

"反正我就是知道，我见过他的照片。"

"妈妈倒真看过他演的几部片子。"

"妈妈你是不是也觉得他很帅？"

"是挺帅，不过……我总觉得他少了点阳刚之气。"

"阳刚之气是什么？"

"就是男人的那种力量美。"姜之悦握起一只拳头，做了个向上屈臂的动作。

"等裴子迁长大了，他就会有力量的，他是我们年级短跑第一名。"

"真不错。我想知道裴子迁是怎么关心女生的呢？"

"女生向他请教问题，他特别有耐心，而且从不嘲笑学习不好的同学。"

"你也向他请教过吧？"

"我经常问他数学应用题，老师讲我听不懂，他一讲我就能懂。"

"嗯，海心的眼光真是不错，这么小就会判断什么样的男生是好男生啦。有了他的帮助，妈妈相信你的数学成绩一定会翻身的。"

"妈妈，我忘了告诉你，这次数学测验我考了95分。"

"天哪！妈妈简直不敢相信，太棒啦、太棒啦……"姜之悦跳跃着转了一个圈，然后冲着茫茫大海高声喊道："我女儿数学考了95分，我女儿数学考了95分，我女儿数学考了95分……"

大海波澜不惊，没有任何回应，只有海童抬头看了一眼她们，接着将搁浅在水洼里的那条两寸长的剑鱼抛进海里。

姜之悦激动的情绪并没能感染海心，相反，海心的情绪倒像是突然低落了下来，半天闷声不响。

姜之悦猜出了她的心事，搂住她的肩膀，问："你们还是同桌吗？"

海心摇头："苏老师把我们分开了。"

姜之悦听出女儿的声音里有泪水，她停下脚步，紧紧抱住海心："要不要我跟苏老师谈谈这件事？"

海心使劲摇头。

5. 早恋

"苏老师可能是看到你的数学进步这么大,也希望他再帮一帮别的同学吧。这并不影响你继续喜欢他,不是吗?"

海心不说话,头低得更低了。

姜之悦正准备招呼海童回家时,海心忽然问她:"妈妈,我到多大就可以结婚啦?"

"女孩子二十岁,男孩子二十二岁,这是中国法律的规定。"

"哦……那我还要等十年哪。"

"怎么?海心着急要嫁人啊?不想跟妈妈爸爸和弟弟在一起生活啦?"

"我没有……"

"海心真是个想得长远的孩子,这么早就开始想终身大事了。妈妈像你这么大的时候,整天只想着疯玩。"

"妈妈不想和喜欢的男生结婚吗?"

"也不是不想吧,问题是……妈妈做不到只喜欢一个男生。上小学的时候,妈妈喜欢过一个男生,上初中的时候,妈妈又喜欢上了另一个男生,等上高中的时候哪,妈妈又被那个整天在操场上抱着吉他自弹自唱的男生给迷住啦。"

"妈妈,你怎么能喜欢这么多?这不是不专一吗?"

"哈哈,没想到你这个小脑瓜子还这么封建呀。你当然也可以喜欢好多男生啦,没有比较就没有判断,如果只喜欢过一个男生,你怎么就能断定他是最好的?是你最喜欢的呢?"

"妈妈,快看!海童,快看!"海心指着大海远处的方向,发出狂喜的尖叫。

一颗颗流星拖曳着紫色的尾巴疾速坠向海平线,仿佛去赶赴那里即将开始的一个盛会。

"好美的流星雨啊,快快许个愿吧。"姜之悦说。

许什么愿呢？姜之悦一时没想出来，于是默念道：一切安好！

海上的流星雨，这个夜晚赐予他们的一个珍贵而又完美的礼物，将被他们的记忆封存在这一时刻里。它是遇见，也提示着错过，唯有回忆永恒。

"今夜咱们都会做个好梦。"姜之悦说。

等海心海童都上了床，姜之悦打开书房电脑，在网络上搜索出薰衣草的花语——它意味着爱情的等待，一种忧伤、无望的等待。

6. 回家

一直计划着回家过年，一直迟迟不愿付诸行动。有时，姜之悦的大脑里会闪过一个奇怪的想法，若是爸妈不在了，她可能更想回去。相比于父母，自己更惦念的却是故乡的山水和草木，还有那条长长的马路，它的名字叫作文明大道。

这些年，不仅是没有回过家，姜之悦哪里都没有去过，哪里也都不想去，海童和海心就是他的全世界。

小蔡不止一次提醒她，要多带孩子出去走走，这是开阔孩子心胸和眼界的一个好方法。她答应得挺好，但就是不去兑现。她也发觉自己有些变了，变得懒了，是心懒了，真有点对不起两个孩子。她想改变，可改变并不那么容易。

这个暑假是海心小学毕业后的暑假，姜之悦觉得是有必要用一趟毕业之旅来为海心做个纪念了。可是，还没等她跟海心海童商量要去哪里，妹妹之怡突然打来电话，说父亲体检查出了问题，凶多吉少。

旅行的计划于是搁浅，姜之悦带上海心海童第二天便乘坐新开通的高铁赶往老家。权且将这当作父亲为他们安排的一次旅行吧,她想。

五个小时之后,他们抵达目的地,姜之悦望着车窗外熟悉又陌生的风景,心情激动得令她自己都感到意外。

"那就是我常跟你们提起的贤耕山。"她对海心海童说。

她的家就在贤耕山脚下,山上的每一棵树、每一块岩石她都格外熟悉。小学时代记忆最深的一篇作文是《我的家乡》,她就是从山顶那个视角去书写自己的家乡的。老师夸她选取的角度妙,给全班同学朗读了她的这篇作文,还把它推荐到了别的班级。

出站时,姜之悦要海心海童看看能不能从接站的人群里认出小姨,她已经给他俩看过小姨的相片。就在他们都瞪大眼珠从前方搜寻着那张记忆中的面孔时,那张面孔却在他们的旁边闪了出来,她的身后还跟着一个同海心年龄相仿的小姑娘。

"这是你们的表姐书霏。"小姨介绍道。

姜之悦和妹妹相互打量一眼,两人都笑了。

"你有多少斤啦?"姜之悦问。

"无可奉告。"姜之怡"嘿嘿"一笑。

"我比上大学时重了将近十五斤。"姜之悦道。

"彼此彼此。"

来到地下停车场,姜之悦问:"这能坐得下吗?咱们这么多人。"

"五个人,正好啊。"

"温河呢?"

"我开车。"

"哟,又长技能啦。"

"这就是我的车,刚买的,都上去吧。"姜之怡打开车门,招呼孩子们上车。

"订的哪家宾馆？"姜之悦问。

"没订宾馆，就住我家吧。"

"不是跟你说了帮我订宾馆吗？你家哪能住得开呀？"

"放心吧，住得开，我刚换了大房子。"

"哟，你这不只是富态啦，真成富婆啦。"

"我停薪留职了，开了一家广告公司。"

"……你……这么猛？让我好意外，电视台的工作不是挺好的吗？"

"人际关系太复杂，而且但凡有点姿色，就要被当领导的惦记着，烦！彻底干够了。"终于排到收费亭，姜之怡一脚油门，冲上长长的坡道，痛快甩开记忆里的烦。

"两姐妹这么快就熟络起来了。"姜之怡瞥了一眼后视镜说。

姜之悦回头看看，海心和书霏正悄声说着什么，海童则背对她俩，两眼紧盯着窗外。

"我像来到了一个完全陌生的城市。"姜之悦说。

"这是新城区，开发没几年。"

"你住在新城区？"

"是的，马上就到。"说着，姜之怡旋转方向盘，绕过街心花园，一座欧洲小镇似的建筑群出现在眼前。

"我喜欢小姨的家，这就叫高尚社区吧，小姨？"海心表现得格外兴奋，眼睛忙得停不下来。

"你还没进小姨的家哪。"姜之怡道。

"几年不见，你真让姐刮目相看呀，都住上别墅啦。"

"不算是别墅，联排而已。"

一进到屋里，海心又兴奋地大叫："我喜欢小姨的家，好漂亮啊！"

"那你就留在小姨家吧，别回去啦，好不好？"姜之怡说。

海心看看妈妈，羞涩地点了下头，说："好……"

姜之悦一撇嘴，道："属猫的，恋宅不恋人。"

"海童也不回去啦，好不好？"姜之怡帮他卸下肩上的书包。

海童一个劲摇头。

"海童属狗的，恋人不恋宅。"姜之悦说。

"海童的眼睛怎么是蓝色的？是戴的美瞳吗？"姜之怡问。

"戴什么美瞳，成天泡在大海里，被海水染的吧？"说着，姜之悦瞅了瞅儿子的眼睛，那不是黑，也不是蓝，只是一眼望不见底的深邃。

"小姨，我们睡在哪里呀？"海心问。

"你想睡楼上还是楼下呢？"

"我想睡楼上。"

"那你就睡楼上书霏的房间吧，屋里有两张床。我和你妈睡在我的房间里，海童这个小男子汉独享楼下的大客房。这样安排满意吗？"

"满意。"海心道。

海童没有任何表示，似乎睡在哪里都无所谓。

"你让温河睡哪里呀？"姜之悦问。

"不用管他，以后再跟你说。"姜之怡压低嗓门道，随即又放开了嗓门："书霏，打开冰箱，问问海心海童想喝点什么或者吃点什么？"接着，她又转向姜之悦："要不要冲个澡？"

"好吧，还是不习惯这里的夏天，又湿又热。"

"这里的气候当然比不了你们海边。"

把姐姐领进淋浴间，姜之怡随后去了楼上的卫生间冲洗。

洗完出来，姜之悦感觉到屋子里静得出奇，客厅里一个人也没有。她走上楼，正好姜之怡也从卫生间里出来，同样换了一身衣服。

"孩子们都哪去啦？"姜之悦问。

6. 回家

"没在楼下看电视吗？"说着，姜之怡走过去推开书霏的房门，看到海心和书霏各自躺在床上睡着了。

姜之怡在嘴边竖起食指，小声道："姐俩睡着啦。"

姜之悦转身回到楼下去寻海童，海童没在他的房间里，书包搁在床上。她注意到，平时系在书包一侧的那只海豚不见了。姜之悦走到窗前朝外面看了看，看到海童正在人工湖边站着。

姜之怡凑上前来，道："他也不怕热。"

"他喜欢水。"姜之悦说。

"这孩子可真安静。"姜之怡打开窗户，冲海童喊道："快回来吧，海童，外面太热，小心中暑。"

海童毫不理会，照旧凝望着眼前的湖水。

姜之悦走了出去，来到海童跟前："想念大海了吧？等明天妈妈带你去看淮河，带上你的泳裤。"

"淮河有大海那么大吗？"海童扭头问妈妈。

"你去看看就知道啦。"受海童的影响，姜之悦跟他说话总不自觉地要将声音压得很低很低，像是害怕惊吓到他。

"走，回屋去吧。"姜之悦拉了儿子一把，海童不为所动。

姜之悦实在挺不过这酷热，只好自己先撤了。

"出去又是一身汗。"姜之悦道。

"再去冲冲吧。"姜之怡说。

"不用啦。"姜之悦在妹妹对面坐下，喝了一口绿茶。"咱爸现在怎么样？"她问。

"挺严重，一住进医院状况就变得更糟了。"

"还能撑多久？"

"医生说最多一个月左右的时间。"

"咱爸今年七十……"

"虚岁七十，属鼠的。"

姜之悦轻叹一口气。

姜之怡也随着叹了口气，道："一天两包烟，一瓶白酒，谁劝都不听。"

姜之悦当然了解父亲的脾性，他只有在喝酒的时候才是最快乐的，但那最快乐的往往也是最致命的。过去每次放假回家时，她都要给父亲买上两瓶白酒，是为了让他高兴。哥哥妹妹都说她这是在谋害父亲，她不以为然。即便是她不给他买酒，他也一样要喝，而她又做不了别的什么可以让他高兴的事。

快乐地少活两年，应该胜于悲哀地多活两年吧。倘若没有酒，父亲的生命就是悲哀。他们谁都没有能力改变这一点。所以，就算能让父亲戒酒，也还是戒不了他的悲哀。

现在，父亲终于将他一生的酒都喝完了，他的身体只能够消受这么长一段时间的快乐。

在姜之悦的体会里，父亲对于她就是一个名词，一个没有动作的名词。他对她极少动手，包括打她，也极少动口，包括骂她。姜之悦有什么事情都是去找母亲。她不知妹妹对父亲是否也是跟她一样的感受，她们之间从来没有交流过这个话题。

姜之悦瞧一眼墙上的挂钟，提醒道："不早啦，我们现在去医院吧。"

"好的，我上去叫醒她俩。"

医院在老城区，姜之悦一点不陌生，小时候她们生病都是来这家医院。到了老城区，姜之悦才算找到了回家的感觉。这感觉不仅是视觉上的，还有听觉和嗅觉上的。下车后，她深深吸了一口气，虽然也是滚热的，却有熟悉的烟火味道。

躺在病床上的父亲脸色暗淡，表情痛苦，凌乱又稀疏的灰发大张旗鼓地

6. 回家

彰显着他的老态。

"刚量过体温，三十九度二。"坐在角落里的一个壮年男子走过来对姜之怡说。

姜之悦冲他笑了一下，点点头。

"这是顾护工。"姜之怡介绍道。

姜之悦往床头站了站，看看吊瓶和输液管，犹豫着是不是要叫醒父亲。

"爸，之悦带海童和海心来看你啦。"姜之怡在床的另一侧趴在父亲耳边小声召唤着。

父亲睁开眼睛，目光直直指向天花板。

"往这看……"姜之怡用手掌拦住父亲的目光，将它引向姜之悦这里。

"爸……"姜之悦唤了一声。

父亲的目光终于同她的目光相遇，他的头颤抖着，想要抬起。

姜之怡摇动床尾升降把手，将床头稍稍升高了一些。

"这是海心和海童，叫姥爷……"姜之悦把海心海童招呼到父亲跟前。

父亲的眼神立刻柔和下来，目光在海童脸上停留片刻，又转向姜之悦，喃喃了一句什么。

姜之悦没有听懂，看看妹妹。

姜之怡俯向父亲耳边："你说啥？爸。"

父亲又喃喃了一遍。

姜之怡点点头，对姐姐道："爸说你的头发白了……他的眼神可真好，我咋没看见？"

"是白了。"姜之悦低了一下头，给她看自己头顶中央处的一绺花发。

"咋不染染？"

姜之悦摇摇头，没说话。

姜之悦正想着该跟父亲再说点什么，父亲的眼睛又闭上了。

姜之怡从床头柜里找出一把梳子，将父亲的头发梳理规整。

"他又睡着了。"姜之怡说，"让他睡吧，睡着就不知道疼了。咱们也走吧。"

姜之悦有些踌躇，道："要不……你们走吧，我留在这里陪护一夜。"

"用不着，有护工哪。这是男病房，你在这里照顾也不方便。"说完，姜之悦又跟护工交代了几句。

"让您费心啦，"姜之悦对护工说，"再见。"

走到门口，姜之悦回头望了一眼，似乎担心父亲又睁开眼来。

离开住院大楼，姜之悦长舒一口气，病房里的气息让她感到压抑。小时候，这家医院还不见这么高的楼房，病房里也没有这么多的病人，她来看病，也不觉得这样的压抑。

如今的医院是她最不愿意去的地方，单位组织的年度例行体检因此被她省略。自从在医院分娩下海童以后，她再没因为自己的病进过医院，有个头疼脑热，她连药都不吃。海童则几乎就不生病，她家感冒发烧比较多的是海心和丛志。

看见母亲，姜之悦吃了一惊，母亲的头发全白了，像蒙着一头的雪，她心里一阵发酸。

姜之悦向母亲伸出手，却不知这手该往哪里放，只好又缩了回来。

"丛志呢？"母亲问。

"他没来，他很忙，天天出差。"

母亲的眼睑一下子低垂下来，好像有点沮丧。难道她这么想见女婿吗？姜之悦在心里嘀咕道。

"这是丛志给你买的。"姜之悦将自己买的一盒海参递给母亲，顺势借此聊作一个宽慰。

"这孩子的腿怎么啦？"母亲盯着海童的腿问道。

"没怎么，他走路一直就是这样，现在还好多了哪。"

6. 回家　083

"正常的腿怎么会这么走路呢？没去医院检查一下？"

"检查过，医生说没有什么问题。"

"那他就是故意这么走路的，你们也不好好管管他？"

姜之悦撇了下嘴，无言以对。

为了回避这有点尴尬的气氛，姜之悦站起身，对海心海童道："来，我带你们参观一下妈妈小时候生活过的家。"

她推开西侧那扇房门，这是她和妹妹当年居住的房间。地下床上都堆满了东西，书架上也摆满了瓶瓶罐罐，她记忆里的场景已经面目全非。

"那些书呢？"她问。

"都让咱妈卖给收废品的啦。"姜之怡说。

"怎么能这样呢？我这次还想带一些回去哪。"

"咱妈自作主张，压根就没跟我商量。"

"又没人看，放那净占地方。"母亲道。

"谁说没人看呀？我还要看哪。"姜之悦强忍着心里的不快。《海上劳工》《人生的枷锁》《荒原狼》……这些名著都是她用自己的零花钱从新华书店一本一本买来的，每一本都丈量了她从家走到新华书店那段长长的路。为了省钱，她舍不得坐公交车。

"你们的房间这么小……"海心道。

的确是小，小得都超乎了她的记忆，而且还这么阴暗，阴暗得也超乎了她的记忆。姜之悦瞧一眼窗外，那棵樱桃树高大茂密了许多，把整扇窗户都罩住了。她没再往前挪步，一股淡淡的霉味稀释了她记忆中家的味道。她退出来，带上房门，把那个少女姜之悦永久留在了里面。

"来，到院子里来看看。"她招呼道，"这棵樱桃树是我们刚搬到这里时，你姥爷亲手栽下的。"

"那时候就是棵小树苗，比我高不了多少。"姜之怡举起手，在自己头顶比一下。

"怎么没结樱桃啊?"海心问。

"已经结过了,可惜你们来晚啦。"姜之怡说,"味道可甜啦。"

"是的,很甜。"姜之悦说,"不过,每年不等到它甜的时候,我和你们小姨就迫不及待地要尝鲜,结果总挨你们姥姥的骂。有一天夜里,趁他们都睡着的时候,我和小姨拿着手电筒爬上去摘樱桃,可是小姨太胖,压断了一根树枝,掉到树下,把屁股都摔青了……"

"你说谁胖呀?"姜之怡打断了姐姐的话,"别听你们妈胡说,小姨是一只手拿着手电筒,行动不方便,另一只手没抓牢,这样才掉下去的。"

姜之悦只顾笑,并不争辩。

那时的妹妹确实挺胖,也挺勇敢,忍着剧痛,一声不吭,第二天照样一瘸一拐地去上学。母亲问她怎么啦?她说夜里上厕所滑了一跤,没事。可是,她们走后,母亲还是从那根折断的树枝上察觉出了端倪。等她们一放学回到家,母亲便将妹妹狠狠一顿痛骂,还差点动手。尽管妹妹没有出卖她,但作为姐姐,她依旧被问了责。

这么多年,没人打理,这棵樱桃树已经长疯,把房间的窗户遮挡得严严实实。姜之悦细细打量整个院子,只有它的模样基本没变,即使有变,也是岁月的痕迹,或者,记忆的痕迹。

"校长先生呢?妈妈。"海心把姜之怡从往事里拽了出来。

"……哦……校长先生……?不是告诉过你吗?它早就不在了。"

"那它没有孩子吗?"

"没有,它是公的。"

"是说咱家那只大黑猫吗?"姜之怡道。

"是的。"姜之悦的目光停留在院子里那间红砖房的屋檐上,一年四季,校长先生总喜欢懒洋洋地趴在那里。

蓦地，一股肉香飘溢过来，在院落里肆意弥漫。

海心道："酸菜排骨。"说着，眼睛里闪烁出贪婪的光。

"妈开始做饭啦？"姜之悦问。

"是啊，我去帮她。"

"跟她说别做啦，咱们出去吃吧。"

"你又不是不了解咱妈的脾气，她哪肯把钱给饭店呀？"

姜之悦跟着妹妹走进厨房："妈，天这么热，别忙活啦，咱们还是出去吃吧，我请客。"

"饭店里哪有家的气氛啊？你们都别管，我一个人就行。"母亲头也不抬地在案板上继续切着菜，后背上的衣服已经被汗水浸透。

"你出去吧，我在这里给妈打下手。"姜之怡把姐姐推了出去。

厨房太小，根本容纳不下三个人，姜之悦也就没再坚持，回到院子里。孩子们正在那儿观赏荷花池里的金鱼，姜之悦凑过去，两朵睡莲开得动人。只是，这睡莲已不是她当年见过的睡莲，金鱼也不是她当年见过的金鱼。

她推开红砖房的门，屋里同样堆满乱七八糟的家什，他们家买的第一台半自动洗衣机也废置在这里，上面摞着几层旧棉絮。这曾是她哥哥居住的房间，贴在墙上的那些女影星皆已黯然失色，码放在窗台上的磁带也落满灰尘。哥哥的吉他躺在床上，与一根四脚手杖相伴。姜之悦的手指从琴弦上轻轻掠过，悦耳的颤音骤然穿越回忆和现实的界限。

"宝贝们都饿了吧？进屋准备吃饭吧。"姜之怡透过厨房的窗子喊道。

姜之悦从红砖房里出来，叫上三个孩子一起进了屋。

客厅里同时打开了两台电风扇对着餐桌吹，感觉比之前容易忍受了些。姜之悦找母亲要了个小碟子，从带来的包里掏出一个玻璃瓶，将里面的白色粉末倒上去一些。

"这是什么东西？"母亲问。

"盐，我从网上订的没有添加剂的澳大利亚食盐。"

"拿它做什么？"姜之怡问。

"给海童吃，他爱吃咸的，妈做的菜他肯定嫌淡，得蘸点这个。"

"吃这么咸对身体好吗？"姜之怡道。

"没办法，他就这么重的口味，喝牛奶都要加盐。"

"瞧你给孩子惯出来多少坏毛病。"母亲生气地瞪了姜之悦一眼，又瞪了海童一眼："不能吃这么多盐，不然会得高血压的。"

海童眨眨眼睛，嘴唇随着摇动的脑袋翻动几下。

"他这是什么意思？"母亲问姜之悦。

"他就是在跟你说话呀。"

"说的啥？"

"他说老年人才会得高血压。"海心替妈妈答道。

姜之悦一愣，没想到海心也能读懂海童的唇语了。

"他是这么说的吗？"母亲又问姜之悦。

姜之怡点头："没错，是这么说的，海心翻译得完全正确。"

"哎哟，真没见过还有这么说话的，跟过去的老电影似的，只见人物嘴巴动弹，啥声音都出不来……你们知识分子就是这么教育孩子的？"

姜之悦耸耸肩膀，不想跟母亲再多说什么，正好有人敲门，她赶紧转身过去。果然是哥哥。

她瞅了瞅他身后，问："嫂子和攀攀呢？"

"没来。"哥哥说得有点躲闪。

姜之悦没明白哥哥是啥意思，用疑问的眼神看着他，他也不作解释，跟三个孩子打了个招呼，就在母亲旁边坐下。

哥哥的一头卷发乱蓬蓬，满脸胡碴儿，裤子和T恤都皱皱巴巴的，全然没了当年文艺青年的风采，唯一没变的就是他那依然颀长挺拔的身材。

6. 回家　087

"你怎么跟个落魄公子似的？哥。"姜之悦道。

"可不就是落魄了呗。"母亲说。

"快吃饭吧，"姜之怡拿起筷子催促道，"姐，你喝酒不？"

"不喝。"

"喝点吧，"哥哥朝她晃了晃酒瓶，"这酒不错的。"

"再好的酒我也品不出来，都一个味。好吧，今天我就陪哥喝一点，"姜之悦把酒杯递给他，"少来一点。"

哥哥给她斟上小半杯，接着又给母亲和自己各斟了满满一杯。

"妈也这么能喝啦？"姜之悦看看母亲，看看她的杯中酒。

"被咱爸给培养出来了。"姜之怡说。

"每天两顿，每顿二两。"哥哥说。

"你每天喝多少？"姜之悦问。

"至少半斤吧。"哥哥说。

"可别像咱爸似的，还要尽量节制啊，哥。"

哥哥笑笑，一副生死置之度外的样子，跟母亲碰了下杯，一饮而尽。

"妈妈，姥姥做的酸菜排骨比你做的好吃。"海心说道。

"是吗？看来我是没能青出于蓝而胜于蓝啦。"

母亲望着海心，被酒烧红的脸上露出难得的笑容。

姜之悦先尝了一口荷叶鸡，心里忽然一热，终于找回了家的味道。她又尝尝母亲炒的那几道素菜，俨然比过去的味道可口许多。到底是母亲的厨艺长进了？还是自己的味蕾发生了变化？但是不管怎么变，家的味道却是没有变的。

离开了家，方知家的味道，而想当初，那一度令她腻烦的味道，只不过就是不识其味罢了。一口酒下肚，姜之悦马上就感觉到了醉意。

"你跟丛志到底怎么啦？"母亲放下酒杯，忽然问道。

"没怎么啊？"

"跟人家好好过，你可不许再离婚啦，我警告你。"

"妈，你这是什么意思啊？谁说我要……离婚啦呀？"姜之悦看看海心海童，把"离婚"两个字说得有点含混。

"你哥你妹都离了，你再离，这叫别人怎么看咱们家……"母亲沉重地叹了口气。

姜之悦看看妹妹，妹妹冲她做了个怪脸；她又看看哥哥，哥哥面无表情，好像她们在说跟自己毫不相干的事。

"那攀攀……"姜之悦瞪着哥哥。

哥哥不语，继续闷头喝自己的酒。

"判给嫂子……判给他妈了。"姜之怡道。

"现在这社会风气真是糟透了，要搁你们，我跟你们爸不知道得离多少次婚啦。"

"你们还真不如就离了哪。"姜之怡头一歪，满脸的不屑。

"离了还能有咱这一大家人了吗？"

"没有就没有呗，大家也好，小家也好，过好才是好。"

"什么是过好？过好就是把家过大过圆满啦，你看看你们，一个个都过成什么样子啦？"

"我们觉得我们过得非常好，至少比你跟我爸过得好。"

"快尝尝这个菊花鱼，真好吃。"姜之悦用膝盖碰了一下妹妹的腿，她担心母亲会突然大发雷霆。母亲的脾气她是知道的，向来不用考虑给谁留什么情面。

不过，母亲这次的表现让她十分意外，她对于小女儿的顶嘴好像并不以为意，心思似乎都集中在了酒上。姜之悦不清楚，是衰老改变了母亲？或是酒精改变了母亲？母亲的暴脾气莫名消失，令她感到的不是欣慰，倒是失落。父

6. 回家

亲即将离去，母亲也在离她愈来愈远，远得仿佛已不是自己的母亲。

饭后，姜之悦洗完碗，把厨房收拾干净，时间已经不早。母亲坐在电视机前，没看上十分钟就打起了瞌睡。

姜之怡道："咱们都回吧，让老妈休息。"

母亲猛一哆嗦，睁开眼，问姜之怡："你们不在这儿住啊？"

"你这还能住得下吗？"姜之怡道。

"咋不能？把你们那屋的床收拾一下，不就行啦？"

"还是算了吧，让他们到我那去，你这里又没空调。"

"我要住小姨家。"海心喊道。

母亲没再说啥，看着他们一个个走出去，等他们都走出了单元门，才想起问道："你爸今天咋样？"

"还那样。"姜之怡回道。

姜之怡要开车送哥哥，他不肯，正好路边驶来一辆空出租，他便招手坐了上去。

姜之悦冲哥哥挥挥手，大声说了句"再见，哥"。她觉得这一晚上都没怎么和哥哥说话，哥哥明显不如从前那么爱说话了。

汽车启动，姜之怡说："每次来妈家，都要弄得我心里不痛快。"

姜之悦无奈一笑："我觉得妈的脾气比过去还是好了些。"

"哪里好多少。"

有些话不便当着孩子们的面讲，姜之悦一路无言，一直憋到上床睡觉的时候才提起。

她问妹妹："你和温河是怎么回事？"

"出轨了呗。"

"谁出轨？"

"还能是谁？"

"出轨也不至于就必须离婚吧？"

"反正我是接受不了。"

姜之悦不再作声，心想，要是丛志出轨了，她还会接受他吗？想了几分钟，她也没想出个所以然。或许，本就想不出答案，只有事情发生了，答案才会真正显现。

"你还年轻，重新再找一个不难。"

"去他的！我再也不找了，男人都一个德行，我受够啦。"

说到男人，姜之悦一时无话，只要你对男人有所期待，男人便总要让你失望。对于丛志，她早已无所期待。相安无事，把孩子抚养成人，除此，她不再奢望婚姻什么。父母的婚姻确实糟糕，但也维系了一辈子，没什么秘诀，就是压根不想婚姻可能还会有另一种样子。

"如今这么多的人离婚……"姜之悦说，"也不知道究竟是好事还是坏事……"

"能是好事吗？尤其对孩子来说。不过，也不是什么坏事，像咱爸咱妈没离婚，我看倒不是件好事。"

"咱爸又没出轨。"姜之悦故意这么说道。

"去你的，你以为咱爸出轨了，咱妈就会跟他离婚？"

"那还不是为了咱们？"

"她为了谁？她根本就没这个勇气。"

"但你没为书霖考虑考虑吗？"

"就是为她考虑，我才选择离婚的呀。她爸爸从不操心家里的任何事情，整天迷着搞关系，往上爬，动不动喝醉在外面不归家。我要让书霖懂得，这样的男人就是垃圾，必须从家庭里清除出去。"

妹妹这一番话让姜之悦不得不疑心自己是不是也是个缺乏勇气的人？照她的话来看，丛志好像也离垃圾不远了，只不过她还没发现他有出轨的问题

6. 回家　091

而已。

但是，姜之悦清楚，即便是缺乏勇气，那也是和自己心软有关吧。想到父亲和哥哥，想到男人被视同垃圾扫地出门，她的慈悲之心难免要泛滥，男人也是挺可怜的。

"咱哥也出轨啦？"她问。

"他是被出轨了。"

"哦……？女人也出轨呀？"

"瞧你这话说的，就像你不是生活在地球上似的。"

姜之悦笑了："我不是这个意思……"

"咱哥更可怜……"

你这不也知道可怜男人吗？姜之悦心想。

"……替别人养了十五年的孩子。"

"怎么回事？你是说攀攀……？"

"他带攀攀去验血，意外发现攀攀的血型不对劲，再一做亲子关系鉴定，原来跟他就没有任何血缘关系。"

姜之悦听到这个消息，心情都即刻沉痛得难以招架。攀攀那虎头虎脑的模样开始在她记忆里闪回，十年已经过去，此时的他该不是这副模样了吧？

姐妹二人好久没有这样的同床共聊，说着说着，就说到了窗帷泛白，声音断续，直到彻底缄默，沉沉睡去。

吃罢早饭，海童便换好泳裤，急着去见淮河，但姜之悦还是带他们先去医院走了一趟。

父亲的情况仍然未见好转，高烧依旧，疼痛依旧，只有借助止痛剂的麻醉持续昏睡。姜之悦给父亲梳了梳头发，在他身边待了半个小时，父亲一直没有醒来。

海童的催促让她感到焦虑，她不知道是该继续陪伴父亲，还是该遂孩子的心愿马上走开？尽管这种陪伴对于父亲似乎并无实质性的意义。但，邻床的病人都是有亲属陪护的，唯有她的父亲是交给护工照料的。

想来想去，姜之悦决定还是多陪父亲一会儿，她让海心海童去空荡的走廊里待着。

护工见她在床边坐了下来，说自己出去抽根烟就回来。姜之悦盯着父亲痛苦的面孔，努力回想着他年轻时的样子。她以为，那个爱戴鸭舌帽，爱穿黑风衣，爱戴白手套的男子，与眼前这个躺在病榻上的垂死者压根就不是同一个人。许多人的老去就是丢失了自己，于是死亡亦便成了另一个人的死亡。

她和父亲之间的情感说不上深，准确点说，就是很淡或者很浅，而且基本都停留在他的中年时代。步入老年的父亲，对于她已然没有了父亲的实质，仅是一个可以叫一声"爸"的陌生人。这声称呼不涉及情感，只代表责任。

她的手机响了，是妹妹，说在楼下等她。姜之悦跟护工打了个招呼，便叫上海心海童一起下楼。

"还烧吗？"姜之怡问。

"还烧。"

"真是要命。"

"你不用管我们，我们打个车去，很省事。"

"公司的事情都处理完了，刚才送书霏去学英语，正好顺便路过接上你们。"

没走多远，海童便开始着急，拍拍妈妈的肩膀。姜之悦回过头，看着他的嘴唇。

快到了吗？海童在问。

"快了，"姜之悦说，"没有多远。"

"海童着急啦？那我就开快点。"说完，姜之怡踩下油门，将前面的车一辆辆甩到后面。

6. 回家

"小心啊！"姜之怡提醒道。

一刻钟后，车子在大坝上停下。姜之悦指着左侧说："快看，这就是淮河。"

"啊？这就是淮河？"海心道。

"失望了吧？"姜之怡说，"可别拿它跟你们的大海比哟。"

没有沙滩，没有海鸟，没有嬉闹的人群，只有坑坑洼洼的滩涂和荒草，远处还有一艘机动船在"嘟嘟"作响。对于看惯大海的人来说，这条河流就是灰色的，是静止的，若不是有那艘规模还不算小的机动船，他们很难相信这居然就是那条著名的大河。

四个人在一处相对干燥平坦的地带止步。海童脱下T恤衫，随手丢在地上，然后不等戴好泳帽泳镜，便迫不及待地冲向河里。

"一定要注意安全啊，海童，千万别往深处去。"姜之怡叮嘱道，又不无担心地望着姐姐，"他这样下去能行吗？"

"没事，"姜之悦说，"他习惯了水。"

"你的心可真大。"姜之怡摇摇头。

海心对这河水显然没什么兴致，连蹚蹚水的冲动都没有，直接在身后一块大石头上坐下了。

姜之怡的眼睛一直盯着河里的海童，眼见他一个猛子迟迟没再冒头，她慌了神："天哪，不会出事吧？都这么长时间了，他咋还没露头呢？"她跺了跺脚，朝河边走去。

"海童就是条鱼。"姜之悦说。

这时，在河中心，一个红点冒了出来，姜之怡吃惊地喊道："天哪，他怎么游得那么远？"

姜之悦的脸上现出隐隐的笑意，说："对海童来说，这条河流实在是太窄了。"

那个红点眨眼间又不见了,姜之怡的心脏再次悬浮起来,目光则在水里不断下沉。

"他怎么老闷在水里不上来?"姜之怡问。

"海童更喜欢潜水。"

"想想水下面,我都觉得害怕。"

虽说她们也算是在这条河边长大的,可是那么多年里也没来过几次,至于下水,则是一次都没有。不知为什么,对于淮河,她们从未试图亲近过。姜之悦大多只是在贤耕山上俯瞰它的模样,在自己的作文里,她把它形容为一条"玉带",环绕着她的家乡。

海童爱水,她却爱山,爱山的崇高,爱山的沉静。对于水,她其实是有些畏惧的。

一阵长长的微风吹过,海心欢呼起来,她们都感受到了水边的凉意。

那个小红点终于又出现了,正在渐渐向她们靠近,当她们终于能够看清海童的面庞时,她们也看见了尾随在他身后的鱼群。海童从水中站立起来,那些鱼儿也在他四周纷纷腾跃出水面,阵阵白光闪耀。海童转过身去,向岸边缓缓后退,望着鱼群安静游离,直至水面动荡的波纹逐渐消失。但,波光依然粼粼,仿佛犹有大片的鱼群在亲吻着水面。

"淮河里还有这么多鱼呢?!"姜之怡惊叹道。

"都是海童招来的吧。"姜之悦说。

海童仍在水里站着,望着远处的水面若有所思。

姜之悦问海童对淮河的感觉如何?海童说他想回家。

为了回避海童想家,姜之悦每天都要陪他去淮河里畅游一次。海心开始还跟着,后来嫌热,索性躲在空调屋里再不出门。

眼见着一个月的时间就这么过去,父亲的病情还是时好时坏,大家都在等待的那个结果依旧暧昧。尤其是最近两天,父亲的烧忽然退去,既能说话,

6. 回家

又能进食了。

姜之悦决定不再等下去，明天就返回滨城。在妹妹家住这么久，也扰乱了她工作和生活的节奏。

动身的前一晚，姜之悦跟妹妹说，自己想去文明大道上走一走。

姜之怡道："想怀旧啦？陪你去，我也顺便怀下旧。"

姜之怡把车停在文明大道旁一个少有人过的岔路口，两人开始在空旷的人行道上漫步。

路灯都已不是过去的路灯，然而璀璨深情的灯光仍能在瞬间捕获她所有的感伤，倘若不是有妹妹陪着，姜之悦定会泪水涟涟。那时候没有这么多的汽车，道边的悬铃木也不是如此繁茂，向前方的茫茫夜色望去，似乎可以洞见未来的尽头。这尽头漫长遥远，她和他却走得丝毫不知倦怠。

"我知道，这条路上有你的初恋。"姜之怡说。

"也不算是初恋吧。"

"这条路上也有我的初恋。"

"你和温河？"

"是的。"

"哦……"姜之悦想说些什么，却被一声轻得几乎听不见的叹息取代了。

"所有的轰轰烈烈，所有的海誓山盟……哈哈，现在想来是多么的荒诞可笑。"

"可是，不管怎么说，那一刻的情感和心声毕竟是真实的。"

"不能持之以恒的一刻要它有何价值？"

"之怡，"姜之悦看了妹妹一眼，语气忽而变得有些严肃，"咱们女人对爱情可能一直有种错觉……"

"什么错觉？"

"爱情本就是一瞬间的心灵火花，辉煌，炽热，但注定无法持久。"

"你说得有一定道理，可要是这样的话，爱情还有什么意义呢？"

"或许就是没有什么意义，所以……女人不必为爱情浪费精力。"

"那活着又是为了什么呢？"

"为了爱。"

"爱？……"

姜之悦停下脚步，她看到了母校的校门。严格说来，她是看到了母校的名字，眼前的校门同她记忆中的校门根本就没有半点联系。

"这学校完全变了样，过去的房子都拆光了。"姜之怡说，这也是她的母校。

再向前走，没多远，那就是他的家。可是，那几排平房也不见了，取而代之的是两幢高耸的塔楼。

一个戴眼镜的男子从塔楼间的水泥路上朝她们走来，姜之悦的心脏骤然狂跳，这不是她的地理课代表吗？他怎么还住在这里？

"请问，这里是裕民新村吗？"他问道。

"不是的，裕民新村在前面，走到头就是。"姜之怡指着前方回答道。

姜之怡的心脏立即失去那强劲的活力，这声音不是他的，一个人的相貌容易改变，而声音却不那么容易动摇。

夜晚再次来临，街灯彼此呼唤着亮起，但这已是滨城的夜晚，凉风阵阵的夜晚。姜之悦打开房门，正要进屋，手机便响了起来。她以为是妹妹要问她是否平安抵家，可听到的却是父亲刚刚故去的消息。

6. 回家

7．弃儿

上了初中后，海心坚决不再跟海童同睡一个房间，于是姜之悦只好把书房让给她，在里面添置了一张新床。有了自己的房间，海心便如消失了一般，只有在吃饭的时候，姜之悦才能看到她。海心的门上贴着一张纸条：闲人免进，进屋敲门。

姜之悦回想一下，自己以前进屋找她确实不曾敲门。不过有一天敲她房门时，姜之悦却发现她竟把门反锁上了。姜之悦不免心生疑窦，这小妞躲在里面干啥见不得她的事呢？

"干吗要把门锁上？"姜之悦问。

"你有事吗？"海心问。

"我洗了草莓和葡萄，你要吃吗？"

"等会儿再说，我忙着哪。"

姜之悦透过门缝往房间里瞟上一眼，散落一地的素描纸。海心现在最喜欢做的，好像就是画画。

"你在画画？"她问。

"嗯。"

"作业都做完啦？"

"快啦。"

海心的不耐烦催促着她赶快离开，姜之悦欲言又止，正要转身，忽又问道："你为什么要把门反锁上？"

"谁让你们老不敲门就闯进来的？"

"我没有呀，自从你贴上了这张纸条，我每次都是敲门的。"

"我没有说你，我是说我爸。"

姜之悦正愣神的工夫，海心又把门关上了。

海童也是一样，门也整天关着，只是没反锁。姜之悦敲了两下，便推开门，她是等不到海童说"请进"的。

海童在看书，又是那些和海洋有关的书。

姜之悦小声问道："要吃水果吗？"

海童摇摇头，眼也不抬。

这孩子对水果一向缺乏兴趣，以前姜之悦还力劝他吃点，现在也随他去了，不吃就说明他的身体不需要吧。

姜之悦在海童的房间里继续站了一会儿，这里只剩下他一个人的印记了，海心的东西统统转移到了书房。墙上到处挂的都是各种型号的脚蹼、面镜和呼吸管。整整一面墙被绘成了海底世界：海豚、鲸鱼、海马、水母、海星、海草……还有一个小男孩骑在鲸背上，这就是海童吧。

姜之悦是不允许孩子们在墙上涂鸦的，但是这幅海底世界带给她的震惊迅速转化成了喜悦，所以她没有责备，只想知道这是谁画的？海童告诉她是海心画的，姜之悦的眼睛一亮，她又发现了一个崭新的海心。

海心画笔下的大海近乎黑色，姜之悦问她怎么不是蓝色的？

海心说海底没有光。

7. 弃儿

姜之悦又问她海豚和水母怎么也是黑色的？

海心说谁在黑夜里都是黑色的。

海心冷冷的回答让姜之悦顿时陷入无边的黑夜里，没有灯火，也没有星月。

坐在沙发上，望着果盘里的草莓和葡萄，再望望那两扇紧闭的门，姜之悦满嘴落寞的滋味。这个家变得越来越安静了，仿佛只有她一个人存在，姜之悦蓦然想象到了自己的晚年，这差不多就是她晚年真实的样子吧。才这么大，孩子们似乎就开始不需要她了，提前把她发落到了晚年。是的，他们都有了别的需要。

落寞中的姜之悦等来了一次惊讶，海童终于有了朋友。这天放学，一个男孩跟在他身后进了屋。海童说他叫金安熙，是自己的同班同学。姜之悦差点喜极而泣，赶紧给他倒果汁，递巧克力，嘘寒问暖。海童可能嫌她烦，等她一出去，迅速将门反锁上。

好奇的姜之悦不时悄悄走到门口偷听，想知道海童怎么跟朋友交流，但是屋里始终鸦雀无声。

饭点到了，姜之悦正想喊他们出来吃饭，金安熙突然把门打开，他要回家。姜之悦想留他吃饭，他坚决不肯。

姜之悦目送金安熙下楼，并热情邀请他以后常来玩，金安熙一声不吭，只是羞涩地回头望了她一眼。

关上房门，一转身，姜之悦发现海童也在关他屋里的门。

"海童，你怎么不出来送送同学呀？"

海童没有理她。

姜之悦抬手要敲门，又犹豫一下，想想，罢了。

之后，金安熙每天放学都会跟着海童到家里来，两人一进屋，海童就把门关上。屋里照旧鸦雀无声。

姜之悦借口给金安熙送水果，敲门，始终没一个人应答。姜之悦拧开门，发现两个孩子正坐在地板上，各自手捧一本书，谁也不搭理谁。

到了饭点，金安熙又一声不响地离开。姜之悦试图跟他对话，但他仅有羞涩的笑，就是没有一句话。

姜之悦忽然意识到了什么，问海童金安熙怎么从来不说话？在学校也是这个样子吗？海童说他的耳朵听不见。

姜之悦的心一沉，仿佛是海童的耳朵也听不见。儿子交到这样一个朋友，姜之悦不禁生出些许感慨。抬头望去，那熙熙攘攘的人群里永远不会有海童的身影。姜之悦无法想象海童的未来。

然而，海童的未来随即在他小学的最后一个暑假里变得清晰了起来。

七月的一个黄昏，一位戴着红色墨镜的中年男子走向坐在沙滩上的姜之悦："请问，海里那个戴红色泳帽的孩子您认识吗？"他指着远处，"就是那个，现在又不见啦……"

"那是我儿子。"姜之悦说。

"他多大啦？"

"12岁。"

"哦，我早就听人说起过他，可是一直都没能碰上你们。"

"您是……？"

"我是市体校的于教练，"他掏出一张名片递给姜之悦，"请问您怎么称呼？"

"我叫姜之悦。"

"您儿子叫什么名字？他在哪个学校上学？"

"他叫丛海童，小学刚毕业，开学去八中报到。"

于教练要了姜之悦的电话号码，想约海童明天去体校做个测试。姜之悦听明白了他的意思，说只要孩子愿意，她明天就带他过去。

7. 弃儿　101

等海童上了岸，天色已经晦暗，姜之悦把于教练的事讲给他听。

海童问体校是什么？姜之怡说就是培养运动健将的学校。

姜之悦问："你想当游泳冠军吗？拿奥运金牌。"

奥运冠军？海童的脸上露出得意的笑。

"这样你就可以有更多的时间泡在水里啦。"姜之悦说。

对于游泳冠军，海童俨然还挺神往，但姜之悦则从没预想过儿子的未来会跟体育挂钩。不过，现在想来，这也许就是最适合海童的事业吧。不需要社交，不需要说话，只要在水里拼命地往前游。

每个人的未来似乎从一开始就注定了，姜之悦只能把对海童所有的担忧都转化成祝福。

"这是符合国际比赛标准的五十米泳道。"于教练对姜之悦母子说道。

泳池里有几名运动员正在接受训练，站在一旁的教练大呼小叫。教练每咆哮一声，海童便要回头看他一眼，好像自己正处于险境当中，得随时做好自卫的准备。

带他们参观完这座新建的现代化游泳场馆，于教练领海童去更衣室换泳裤。

重新回到泳池边时，于教练的额头上多出了几道皱纹。他问姜之悦："海童的腿是不是受过伤？"

"没有，"姜之悦道，"他从小走路就是跟跟跄跄的，去医院也没查出任何问题。"

于教练又仔细看了看海童的腿，让他站在起跳台上，说："一听到我的口哨声，你就跳进去使劲游，一直游到头，我要看看你到底能游多快。开始准备……"

海童弯下腰，两手抓住起跳台的前缘。

"咦？你还挺专业。"于教练扭头问姜之悦："这孩子以前参加过比赛？"

姜之悦摇头，海童的表现让她也摸不着头脑。他是从书上学的吗？还是从电视上看到的？

于教练吹响哨子，海童应声跳入池中。

于教练随着海童疾步向前跑去，跑到头，他看看手里的秒表，不停摇头。他一时忘了水里的海童，跑向姜之悦，大喊道："太厉害啦！太厉害啦！海童这小家伙太厉害啦！"他将秒表杵到姜之悦的眼前。

姜之悦假装认真看了一眼，实际上什么也没看懂。

于教练把他们带回自己的办公室，向姜之悦详尽阐明了自己要给海童制订的训练计划，然后出示给她一份合同。

姜之悦表示想先拿回去研究研究再说，于教练说没问题，不过最好尽快给他答复，而且是肯定的答复。他说海童其实应该早几年就来训练的，可惜少拿了好几块奖牌。说到"可惜"，于教练痛心的表情无限真实。

把合同拿回去研究研究再说只是个托词，姜之悦其实是想回去跟丛志商量一下，毕竟这事关海童的个人前程。

丛志阅读完这份并不复杂的合同，显出几分忧虑，对姜之怡说道："吃体育这碗饭，还是太辛苦了吧？"

"干什么不辛苦？"姜之悦反问他，"你不也天天喊着辛苦吗？"

"海童，你自己愿意吗？"丛志朝正在吃饭的海童扬了扬手里的合同。

海童望着爸爸，嘴唇随脸上坚定的表情动弹起来。

丛志瞅瞅姜之悦。

"他说他想当世界冠军。"姜之悦道。

"好样的，儿子！"丛志竖起一个大拇指，"吃得苦中苦，方为人上人。"

姜之悦在心里冷笑一声，一脑子压迫阶级思想的残余。

签完这份合同，意味着首先要缴一笔训练费用，数目倒是不大，但丛志的公司最近不大景气，收入连月下滑。姜之悦自然又想到了丛志父母那套

7. 弃儿

房子。

"抓紧把那套房子卖了吧？"姜之怡建议道。

"得跟我哥商量一下。"丛志还是这样的回答。

商量了这么多年也没商量出个结果，很明显，这兄弟俩对这套房子都有些忌讳，谁也不愿意面对它。

于是，姜之悦决定自己来处置它。她找到小区门口的房产中介，中介在了解房屋详情时，套出了姜之悦的实话，就按凶宅给她报了个建议价，竟低于市场价百分之四十。姜之悦当即打消出售的念头，暂时不想再提这房子。

陪海童去两次体校参加训练后，姜之悦就让他自己一个人乘公交车前往了，她随时提醒自己要放手，海童在日渐长大。尽管明白不要替孩子做得太多，可事后想想，姜之悦发觉自己还是难免做得太多，永远无法放心孩子们的能力。

每次训练归来，海童的神情都十分严肃，闷闷不乐的样子。姜之悦不知道发生了什么，问他，他什么也不说。姜之悦给于教练打去电话询问情况，于教练只有满口的夸赞，称海童进步神速，有把握参加下个月底举行的全市少儿游泳精英赛。姜之悦放了心，但海童那严肃的样子仍是令她不免有点紧张。她不清楚，游泳竞技训练究竟是不是他真正喜欢的？

但她清楚的是，大海是海童真正喜欢的。只要天气条件允许，从体校回来，海童一定要去海里再待上足够的时间。姜之悦看得出来，游泳池在某种程度上加剧了海童对于大海的依恋。从海水里出来的海童，那神情是满足和陶醉的，仿佛依然沉浸于尚未醒来的美梦之中。姜之悦不忍同他说话，唯恐惊扰了他的美梦。她默默地走在暮色中，倾听着海童的梦，一步步迈向自己的梦里。

开学前夕，滨城市少儿游泳精英赛如期举行。在和海童一起去游泳馆参赛的路上，姜之悦发现海童若无其事，而她自己却紧张得连说话声都有点颤抖。坐在看台上，她一直捂着胸口，抑制住心脏的强劲冲动。

最先进行的是自由泳比赛，姜之悦的目光牢牢拴住站在起跳台上的海童，但就在选手们随着一声枪响跃入泳池之后，她的目光立马断了线，也忘了海童具体在哪一条泳道。正当她慌乱焦急地辨认着海童的身影时，第一名已经产生，茫然无措的她随即在对面的大屏幕上看到了排在最前面的名字：丛海童。

姜之悦竭力克制着万分激动的情绪，可还是不由自主地在看台上跳了起来，大喊一声"海童"！

"第一名是你的孩子？"坐在姜之悦身旁的一位女士问道。

"是的，我儿子。"

"真厉害呀，他明显比其他几个小选手强出好多。"

姜之悦笑容可掬地冲这位女士摇了摇头，显然不是否认对方的说法，而是自己也觉得太不可思议。

接下来是蛙泳项目的比赛，姜之悦的激动已被耗去一半，现在可以平静许多。这次她看清楚了海童在泳道里的位置，目光一直跟踪着他。当看到海童又是第一个触壁时，姜之怡的激情再次迸发出来，她又坐不住了。

到最后一项蝶泳比赛时，姜之悦已然胸有成竹，志在必得。但看到一旁女士那郁郁寡欢的样子，姜之悦顿生恻隐之心，她知道她的儿子也是参赛选手之一。其实……海童也不必包揽所有的金牌，给别人一次机会或许更是完美。

然而，实力拒绝妥协。海童又是遥遥领先，又是当之无愧的冠军。

姜之悦冲下看台去找海童，一名志愿者拦住了她，说马上要举行颁奖仪式。姜之悦说自己是丛海童的妈妈，志愿者便将她领到家属区等候。

站在领奖台上的海童已经换好运动装，看到他胸前的金牌，姜之悦仿佛听见了国歌的旋律，儿子俨然就是一个真正的奥运冠军。这一天，还会远吗？

7. 弃儿

颁奖典礼结束，姜之悦终于等到海童，她想把他抱起来，海童却岿然不动。

"你太棒啦！儿子。"姜之悦盯着海童胸前的三枚奖牌，眼里直放金光。

众人的眼睛也都集中在海童身上，海童则一直低着头，催促妈妈赶快离开。

一个拿着话筒的电视台记者追上姜之悦母子，想要采访海童。姜之悦有点为难，说海童不爱说话。

"简单说两句就行……"她仍坚持着。

姜之悦看看海童，海童摇头，直往她身后躲。

"还是算了吧，"姜之悦道，"你们可以去采访他的教练，于教练。"

"谢谢您的建议，但我们还是先采访您一下吧。"

"这个……"姜之悦犹豫着用双手梳拢了一下头发，站到摄像机前。

回答完几个关于海童的问题，采访就结束了，前后不到十分钟的时间。

来到公交车站，海童将金牌从脖子上摘下来交给妈妈。

姜之悦说："还有三笔奖金，于教练说一个星期内会打到我的卡里。"

海童问为什么还有奖金？

姜之悦说："为了奖励你呀。"

海童说不是有金牌吗？

姜之悦说："金牌属于精神奖励，奖金属于物质奖励。"

海童把头偏向一边，望着那辆绿色大巴慢悠悠地朝他驶来。

姜之悦想给丛志打个电话，把海童的这个好消息告诉他。刚掏出手机，它就响了，是小蔡打来的，说刚才在电视上看到她和海童了。

"这么快啊！"姜之悦简直无法相信。

小蔡说她已经搬回来住了，约她下午两点后去她家聊聊。

"小蔡阿姨说她刚才在电视上看到你啦。"姜之悦对海童说。

海童扭脸看妈妈一眼，没说什么，又继续欣赏车窗外的景观。

姜之悦抓起海童一只手，这手冰凉，像是浸在海水里。她很想知道海童此刻的心情，但他的脸上反映不出，他的手上更是反映不出。海水从不沸腾，海童永远那么冷静。

小蔡一见到姜之悦，就问："看我有变化没有呢？"

姜之悦上下打量着她："还跟以前一样年轻漂亮。"

小蔡道："真看不出来吗？"

"你要我看出来什么？"

"我又怀孕啦。"

姜之悦仔细瞧了一眼小蔡的腹部，隐约有些起伏。"几个月啦？"她问。

"四个月。"

"恭喜你！我可没有勇气生二胎。"

"所以你收养了一个。"

姜之悦笑笑，接过小蔡递上的普洱茶。

"大恒呢？"

"打篮球去了。"

"你们怎么又搬回来住啦？大恒上学怎么办？"

"他去了国际学校，可以住校。"

"怎么想到要去国际学校？"

"打算将来出国留学，不参加高考了。大恒的小学上得太痛苦，我都后悔给他择校了。"

话题一聊到学校，两个人便收不住了，你抱怨一句，我挖苦一句，列举着老师们种种令人觉得荒唐可笑的言行，将心中积压已久的不满一吐为快。

"现在的孩子真可怜。"姜之悦说。

"大恒他们班有个女生参加完毕业考试就跳了楼。"

7. 弃儿

两个人顿时陷入沉默，仿佛在哀悼那个逝去的生命。

见小蔡打起哈欠，姜之悦道："你累了吧？"

"我不累。"小蔡摆手。

"孕期一定要好好休息，我就不打搅你啦。"说完，姜之悦站起身。

把姜之悦送到门口，小蔡忽然想起什么："对啦，昨天在路上碰见海心，她要是不跟我打招呼，我都没认出她来。没想到她都长那么高啦，一头的金发，像个大洋娃娃。"

姜之悦没说什么，疑惑小蔡是不是看错了人，怎么还有一头金发？

回到家里，姜之悦直奔海心的房间，海心不在家，估计又是找同学玩去了。海心再不是过去那个没有朋友的海心，经常有三五成群的同学围着她转。

海心的房间依然那么凌乱不堪，督促她收拾，她总是应付。墙上贴满少男少女的卡通肖像，个个都是大长腿、小细腰，眼睛大得几乎占据半张脸，五颜六色的头发叫人雌雄难辨。

唉，这孩子让她看不惯的地方越来越多，但没等数落她两句，她就嫌她唠叨。而姜之悦也担心自己观念保守，对新一代容易产生偏见，所以尽量把嘴闭住，强忍着心里的反感不说。

姜之悦真不想管海心留下的这烂摊子，可最后还是没忍住，蹲下身去为她整理收纳。扔在地板上的书包已脏得不像样子，实在让她看不下去。姜之悦把书包打开，一个黄色假发套冒了出来。看来小蔡真没认错人。

姜之悦站在卫生间里的镜子前，将假发套戴在自己头上，不等戴稳，又把它摘了下来。太难看啦！这孩子怎么会喜欢这种不伦不类的东西？

她接着清理海心的书包，竟然摸出一片封在塑料袋里的避孕套，姜之悦吓了一大跳，天哪！她怎么会有这种东西？！

姜之怡无法再沉住气了，她双手叉腰在屋子里来回转圈，恨不得马上就要见到海心。恰巧在这个时候海心回来了。

"丛海心！"姜之悦大喝一声，上前一把将海心拽到屋里，关上门。

"这是什么？"她问。

海心看到妈妈手里的避孕套，又看看自己的书包，脸色骤变："你凭什么乱翻我的书包？你这是在侵犯我的隐私权利，知道不知道？你违法了，我要控告你！"

姜之悦真想给海心一记耳光，她把避孕套塞进裤兜，冲上去，举起右手……忽然，她发现海心已经高出自己大半个头来，俨然就是一副成年人的模样，她甚至还涂了口红，抹了粉底。那双怒气冲天的眼睛大义凛然地瞪着自己，充满挑衅和藐视的意味。

姜之悦放下手来，一种陌生感让她的怯意油然而生。但她不想就此败下阵来，仍旧用强硬的口气问道："这东西是哪来的？你用它干什么？"

"我不想告诉你。"

"你说不说？"姜之悦又举起了手。

"就不说。"

姜之悦的怒火终于遏制不住，一巴掌扇了过去。

海心愣了一下，也举起右手，但在空中停滞两秒，又放了下来。她恶狠狠地瞪着姜之悦："你会后悔的。"说完，扭头打开门冲了出去。

"咣——"的一声门响，所有的门窗都随之震颤不已。

姜之悦看看自己的手，有点火辣辣的，她真的开始后悔了。她坐在椅子上，怅然若失，感觉自己好像做错了什么，但正确的做法又是什么呢？她也不知道。

海童朝她走过来，打开灯，姜之悦这才蓦地意识到，天已经黑了。

"哦，你饿了吧？我马上就去做饭。"

做好饭，已经将近八点，海心还没有回来。姜之悦毫无食欲，开始接二连三地打电话，海心那几个交往密切的同学都不知道她的行踪。可能和海心

7. 弃儿　　109

有关系的人，姜之悦都联系遍了，没一个人有海心的消息。

眼看已经十点，姜之悦愈发焦急，她想给丛志打电话，却打到了小蔡那里。小蔡得知这一消息，让她立即报警，随后匆匆赶到她这里。

"快走，咱们出去找找。"

姜之怡完全不知道应该上哪儿去找，只好跟着小蔡走了出去。

坐进车里，小蔡问："海心身上有钱没有呢？"

"可能没有吧。"

"那她就不会走太远。"

"海心平常和朋友喜欢去什么地方呢？"小蔡又问。

"我也不清楚……"姜之悦一个劲摇头。

"不用太担心，会找到她的，海心不是小孩子了，走不丢的。"小蔡拍拍姜之悦的肩，"咱们先去附近的派出所，再报下案。"

从派出所出来，小蔡将车向海心的学校方向驶去，一路上她们时刻注意着公路两旁稀少的行人。

学校门口保安室里的灯已经熄灭，校园里也黢黑一片，她们沿路继续向前，一直开到火车站和长途汽车站。

在那里搜寻无果后，姜之悦忽然想到小蔡是有孕在身，不能让她跟着自己这么到处乱跑，何况都已经是深夜了。姜之悦站在站前广场，望着岑寂幽远的夜空，偷偷拭去眼角的泪水。

她们换了一条线路回家，空旷的大街上不见任何行人，只有偶尔驶过的车辆。

"海心一定是躲到了哪里，她应该是安全的，等气消了，她就会回来。"小蔡安慰道。

姜之悦不会开车，否则她还要继续满大街找下去。等小蔡消失在单元门后，姜之悦在原地又站立许久，才极不情愿地回到自己的家。

海童正在酣睡，姜之悦合上他屋里的门，然后将其余房间的灯都打开。她瘫倒在沙发上，呆呆地凝望着天花板上的灯影。愤怒、怨恨、忧虑……所有的情绪皆化作了虚空，她正在被疲倦的引力拖入一个无底的深渊。

她隐约听到手机的铃声，像是从深渊里传来，那铃声离她越来越远，越来越远，似有似无……突然，又一种声音加入进来，带着不安的节奏，不安的她不得不坐了起来。她看见海童站在门口，用惊恐的眼神看着她。

她正要问他怎么回事？敲门声再次持续响起。

姜之悦霍然从迷蒙中清醒过来，向敲门声奔去。

打开房门，姜之悦看见两名年轻的警察。

"您是姜之悦吗？"其中一个警察问道。

"是我。"

"是您报警女儿失踪了吧？"

"是的。"

"哦，打您的电话，一直无人接听。我们已经找到了她。"

"她现在在哪里？"

"丛海心，快上来吧。"他朝楼梯口下方喊了一嗓子。

缓缓地，海心的头从楼梯栏杆的缝隙间露了出来。

"太感谢你们啦！你们在哪儿找到的她？"

"在滨海公园的长椅上，她躺在那里睡着了。请您在这里签个字。"他将一支笔递给姜之悦，指了指他手中记录本的下方。

海心一直低着头，一言不发。

送走警察，姜之悦反锁上门。她回想着小蔡的叮嘱：等海心回来了，千万别再批评她，好好跟她谈谈心。

海心回到自己的屋里，关上房门。姜之悦确信自己的情绪已经镇静下来，她走过去，象征性地敲了下门，随即推开。海心背对着她站着，头依旧那么

7. 弃儿

低着。

"饿了吧？我把饭热一下。"

海心摇头，然后说了声"不饿"。

姜之悦不知该不该再碰触避孕套的话题，她迂回着问道："裴……子迁现在怎么样啦？"

海心摇头，然后说了声"不知道"。

"喵——"一声猫叫，姜之悦左右看看，以为自己是幻听。接着又一声"喵——"，像是从海心的身体里发出来的。

"哪来的猫？"姜之悦问。

海心转过身来，姜之悦看见一只小花猫从她的衣襟中间探出头来。

"这是从哪儿弄的？"

"捡的，被人丢在垃圾桶里。"

"你好，小花。"姜之悦上前抚摩了一下它的头。

"它不叫小花。"

"那叫什么？"

"弃儿。"

"小花这名字不更好听吗？"

"不，它就叫弃儿。"海心将脸紧贴在弃儿的身上。

姜之悦看见，海心的一颗泪珠从弃儿的头上滚落。

8. 伤逝

按照学校和系里文件的相关规定，如果连续两年未在核心期刊上发表过学术论文，年终奖就将被扣除。自从有了海童，姜之悦便再没拿过一次年终奖，但她并不往心里去，她不想为了那点年终奖去写她不感兴趣的论文。再说，即使写了，她也不能保证就可以发表在核心期刊上。

事实是，姜之悦曾给核心期刊投过不少次稿，却没有一次命中。就算降低要求，投给那些非核心期刊，被采用的概率也是不高的。她不敢说自己的水平有多高，但那些发表在核心期刊上的不少论文也没让她看出水平有多高。

她向自己的硕士导师诉苦，导师建议她多出去参加学术会议，多露露脸，建立起一定的人脉关系网，论文自然就不那么难发了。现今这个时代，只专心学术，不问社交，那必然是没有出头之日的。

可姜之悦也不想有什么出头之日，她所想的仅是安安静静地教书，照顾好一家人的生活。再则，她也看不出这种行业游戏对于学术抑或教学能产生什么积极的意义，因此，姜之悦索性放弃了努力，准备就当一辈子的副教授算啦。后来听说系里两位多年没评上正教授的女同事都急出了乳腺癌，她更是暗自庆幸自己早有的这种无为心态了。

　　一个正教授不过就比副教授多挣几百块钱罢了，就算多挣几千块又能怎么样？这些钱让丛志替她去挣吧。丛志也信誓旦旦地说过，她负责管家，他负责挣钱。

　　可是今天，姜之悦突然发现，自己的无为之策到了寿终正寝的时候。系主任上午约谈了她，告知她这次是全系唯一年度考核不合格的教师，有面临转岗或者解聘的可能。所谓转岗，就是从教师岗位调换到行政岗位。

　　姜之悦自知自己已经无法胜任一天八小时的坐班工作了，况且讲课这种方式也是她所擅长的。但要继续维持现状，她就不得不为核心期刊而忙碌了。看来，不思进取的好日子已经成为过去，她必须要调整一下自己既有的生活方式了。

　　系主任又说，仅仅发表核心期刊论文还不够，她没有博士学位也是个问题，以后的教师岗都要求必须有博士学位。

　　姜之悦怔怔地瞪着系主任的眼睛，有点气急败坏，感觉他是在故意为难自己。然而转念一想，这些新规章又不是他制定的，犯不着对他不满。她早就有所了解，某些学校的科研压力比他们大得多啦，只是她没料到自己的学校也会效仿。大势所趋，她在不知不觉中被逼成一个企图挡车的螳螂。落魄到这个地步，她怪不了谁，是她自己选择退化成了螳螂，于是前进的滚滚车轮便无情朝她碾来。

　　系主任批评她太没有忧患意识。她在想，难道我一直活得挺安乐吗？

　　姜之悦蓦然萌生出空前的失败感，毋庸置疑，工作上她显然就是个失败者，家庭里她也算不上是个成功者。以前在小蔡这样的全职太太面前，她多多少少会有些不自觉的优越感，可怜小蔡枉费了自己宝贵的留学时光，连一个起码的社会地位都没能得到。

　　此刻想来，自己的所谓社会地位又给自己带来了什么呢？她不如小蔡漂亮，不如小蔡有钱，不如小蔡活得自在。她唯有烦恼比小蔡多。她一直活在一个社会地位的幻象里，而今这个幻象要她支付代价了。不，她已经付出了半生的代价，这个代价就是她的前半生乏善可陈，她是行尸走肉，始终在浑浑噩噩地虚度光阴；即使早年那些苦读似的奋发亦不过是一场盲目的跟风行动罢了，她的自我向来就是与己无干的事情，所盛放的都是学校的教育和社会的风化，有多少真正属于她个人的东西？

她不能转岗，更不能被解聘，她必须承受住滚滚车轮的碾压；她要同自己作对，迫使自己积极有为起来。她要写论文，要读博士，要把被柴米油盐耽误的那些时间重新抢夺回来。

写，说写就写。躺在深夜的床上，姜之悦开始构思，可她的思绪支离破碎，根本无法形成一个完整而又清晰的主题。写什么？怎么写？从哪里下手？这三个问题困扰了她整整一夜。

屋子里的黑色逐渐褪去，墙上她跟丛志的那张合影正愈发清晰地显现出来，她的大脑里仍是一团模糊和混乱。姜之悦用力闭上眼睛，急切地追逐着被迫离场的黑夜。她还没有入睡，黑夜怎么能就这样不负责任地离开？她拒绝承认白昼的到来。

但，白昼还是以无可抵挡的节奏毅然到来，姜之悦只好无奈地睁开眼睛。

尽管这是白天，姜之悦却依然纠缠于缺席的睡眠里，正讲着课，她忽然好像是从梦中醒来。慌恐之中，姜之悦从椅子上曜地坐起，故作镇定地晃晃脑袋，嘴里的言辞俨然有条不紊，但脑子里却在飞速搜寻接洽着延续下去的逻辑。

逻辑延续成功之后，姜之悦看了一眼同学们，他们似乎并未察觉出她刚才的心理混乱。姜之悦又看了一眼墙上的钟表，距离下课尚有四十分钟，今天的时间过得好慢好慢。

她不敢再回到椅子上，怕那错过的睡梦又来找她。实际上，她还没有完

8. 伤逝

全将它摆脱,所以延续的思路显得滞涩枯竭,为了摆脱这一状态,极少向学生发问的她决定抛出一个问题:"小腿疼"和"吃不饱"这两个人物形象的负面表现,在某种程度上可不可以被理解作正面意义的反抗?

"小腿疼"和"吃不饱"是赵树理短篇小说《锻炼锻炼》中两个好吃懒做的农村落后女性形象,姜之悦试图从女性关怀的角度重新阐释她们被误解的真实境遇。当时的合法性对于个人权利的尊重从来就是忽略不计的,故而理应在今天重新予以评估。

姜之悦提问了坐在最前排的一位女生,她的回答简明扼要,只用了不到两分钟的时间。姜之悦只能继续提问下去,连问了五位同学之后,时间已经差不多了,姜之悦就此打住。

同学们的观点基本一致,都认为这两个女性形象遭到了一定程度的丑化,是男性集体主义权力压制之下的某种牺牲品。对于他们的回答,姜之悦在感到欣慰的同时,更多感到的是惊讶。比之于当年的自己,他们的理解力无疑提升了许多,他们的思想里没有她那么多的束缚和胆怯。

这次偶然的提问启迪了姜之悦,原来她也可以从学生那里收获灵感的火花。不得不承认,自己以前可能或多或少地轻视了这些始终年轻的面孔。以后,她要在课堂上多多开展这样的对话形式。

回到家里,姜之悦昏昏欲睡,一头倒在床上,却又毫无睡意。在床上辗转了一个多小时,弄得她烦躁不堪,干脆起来打开电脑,把过去几篇没发表出来的论文重新修改了一下。

看完一篇,她觉得自己写得蛮不错,实在不知道再该怎么改。如果不是自己的水平还挺高,那就是自己的水平一直没提高。抱着瞎猫碰死耗子的心理,姜之悦又将这些论文原封不动地网投了一次。

投完论文,姜之悦在网上查看了几所大学的博士招生简章,并设法找到两位导师的电子信箱地址,尝试着分别给他们发去一封申请报考的邮件。

还有不到三个月的时间做准备，专业课也许不是什么问题，可英语就不好说了。这么多年下来，她基本没怎么接触过英语，不少单词早忘到九霄云外去啦。她想起单位唯一能同自己聊上几句的陈辰，她曾多次劝自己去美国的大学做访问学者，并且一定要把孩子带上。听陈辰的意思，去美国做访问学者的主要目的不是为了自己，而是为了孩子的英语学习。当然，自己的英语水平也可以同时得到些许提高。

姜之悦的同事百分之九十以上都出国做过访问学者，女同事更是高达百分之九十九，那唯一的例外便是她自己。要是她也出国待上过一年，说不定现在的英语水平就不至于如此尴尬了，可她偏偏对出国不感兴趣，她只想在一个小城里远离尘嚣，被世人遗忘，而这正是她所眷恋的自由。

还好，翻出英语六级单词册浏览一遍，姜之悦立马恢复了信心，她的记忆力并无明显衰退。可见，她没有真正老去。

然而，失眠又说明了什么？难道不是老去的征象吗？连续三天的失眠令姜之悦感到了恐惧，她不能不向安眠药求助了。她迟迟不愿想到安眠药，是因为她老把它和自杀联系在一起。此外，她也极其害怕自己会依赖上这种药效。被安眠药送入的梦乡还是梦乡吗？在她看来，安眠药作用下的睡眠是虚假的睡眠，夜晚也因此变成了欺骗。

安眠药欺骗着姜之悦，但是姜之悦不想欺骗自己，于是白日就成了模棱两可的挣扎，使其陷于清醒与昏睡之间的抗争。在姜之悦这里，白日仿佛就是被阳光强行照亮的黑夜。一种背离的张力不停撕扯着她的躯体，令她再也难以感受其余事物的分量。

海心即将参加高考，她被叫去参加家长考前动员会。所有的老师和家长都在摩拳擦掌，激奋不已，独她感觉不到一丝一毫紧张的压力，犹似置身事外。那一张张因亢奋而涨红的脸好像不在她的身边，而是出现于她的梦里。的确，她的白日就是被阳光强行照亮的黑夜。

8. 伤逝

海心的成绩垫底,这没有什么,可以无所期待,平静接受一切结果。海心要走的是海心的道路,每个人都是一条道路,最终走向的只能是她自己。她不能要求海心什么,也不想要求她什么。海心在向前走着,走着就有她的未来,姜之悦无需为她的方向指手画脚。这应该是上帝的分内之事,她无权干涉,而只能等待和祝福。

那两位教授先后回复了她的信件,一位欢迎她报考,另一位也欢迎她报考,但表示录取难度较大。姜之悦没作多想,便把后一位教授忽略,选择了前一位刘教授。

她在恍惚中复习着刘教授提供的参考书目,操练着历届英语试题,又在恍惚中去省城参加完了考试。但是对于结果,她却没有这么恍惚,她清楚自己的这次表现难尽人意,乐观的等待只能是非分之想。还有,见过刘教授之后,不知为什么,她对这个人颇有些失望。他那吞吞吐吐的说话方式,他那遮遮掩掩的眼神,犹如正在同她进行着一场不可告人的交易。她不喜欢这个刘教授,很难想象同他可能会有的几年相处。

走出校门时,姜之悦回头望了一眼,明白自己不会再来这里了。一切又得从头开始。

坐上火车,姜之悦忽然想到,丛志不正在这里出差吗?是呀,可那又能怎样?三天没回家了,海心和海童很让她放心不下。给他们准备好的食物都该吃完了吧?

望着窗外飞入视野的一条河流,姜之悦的恍惚在一瞬间消隐,她意识到这是一次失败的旅程。三天的经历印证的不过就是徒劳,好比她的人生,始终在意义缺失的琐事里浸淫沉沦。

她想挣扎,却无挣扎的冲动,她想焦急,却无焦急的心情。她知道自己不该坐以待毙,却又静静等待着坐以待毙时刻的到来。

海心海童都在家里,她想起今天是周末。她把屋子简单打扫一下,看看

深海沉默

空空的冰箱，又该去超市一趟了。但是她不想现在就去，她想继续一个人清静一下，火车上的困意还在她身上蔓延。她找出丛志父母房屋的钥匙。

这房屋里有股尘土的味道，原来的味道她已想不起来，只有这熟悉的家具能让她忆起过去的点点滴滴。但真实的不是主人曾在这里，而是他们不在这里，回忆没能证明往事的真实，仅是在加剧着现实的不真实。

她来到北面厨房的露台，丛志说父亲就是从这里跳下去的。她把住栏杆，朝下望去，她没有感到恐惧，却听见有召唤的声音从下方隐隐传来。她抬脚踩住栏杆的底座，另一只脚向上扬起，在正要搭在栏杆顶端的刹那间，她恍然回到此刻。她的动作随即失去了连贯性，那只脚踌躇一秒钟后，开始缓缓回落。

姜之悦伏在栏杆上，下巴感受着金属的冰凉。死亡并没有那么可怕，疼痛也没有那么可怕，它们只不过是一种空间上的事实，她在远远的上面，死亡和疼痛在远远的下面。

一阵晕眩顿时动摇了姜之悦的空间感，她直起身，打了个冷战，回到屋里。沙发上有明显一层浮灰，姜之悦毫不介意，蜷缩在那里，像婴儿蜷缩在母亲的子宫里。

她很安全，真正的黑夜终于来临，她被邀请进入梦乡。

这是此生前所未有的漫漫梦乡，睁开眼睛，她仿佛依然在这梦乡里。她用了很长的时间才从这梦乡里走出来，走下楼，走向真实的黑夜。下雨了，顺着头发流向她肌肤的雨水让这黑夜的真实变得湿润和清新。

于是，姜之悦就把自己的睡眠交付给了这个沙发。夜晚，她躺在那张睡过多年的可疑的床上，白天，便蜷缩在这个可以信赖的沙发上。这里有实质性的睡眠，虽然只是短暂的时间，但就是几分钟也足以拯救她的性命。

一个月后的某一天，姜之悦在沙发上竭力伸展开身体，坐起来，意欲获得重生的力量。她需要再次重新开始。

8. 伤逝

她首先想到陈辰，陈辰也在读博士学位，或许能够给她提供一点有价值的建议。她给陈辰发去一条问候短信，十几分钟后，陈辰回复了她，说自己正在加拿大访学。姜之悦这才知道她又出去了，她记得陈辰好像刚从美国回来不多久。

姜之悦尽可能简短地向陈辰说明了一下自己目前所遭遇的危机，陈辰问她为什么不找他们的教研室主任谈谈？

她问现在的教研室主任是谁？姜之悦隐约记得他们的教研室主任已在前两年退休。

陈辰说她真不像话，好像压根就没在这个单位里工作过。他们现在的教研室主任是大名鼎鼎的许寯教授，是去年从北京一所名校引进过来的。

陈辰说许寯教授就是博导，何必舍近求远，读他的博士岂不是水到渠成的事情？陈辰要她赶紧跟许寯教授取得联系，好把队排在前面，报考他的人肯定不在少数。

姜之悦雾茫茫的眼前立刻有了光，陈辰成了她的光明使者。她和她不在一个教研室，却比她更了解她的教研室。

许寯这个名字姜之悦并不陌生，她读过他好几篇有分量的论文，这个人属于学界极富个性的一位学者。没想到，这么有名的学者已经变成自己教研室的同事。可惭愧的是，她到现在也不认识这个"寯"字，不知道该怎么读它。她马上查了一下字典，记住了寯的发音。

在联系许寯教授之前，姜之悦又特意从网上搜索出他的信息，对他作了进一步了解。随后，姜之悦在手机上揿下陈辰发给她的那串数字，"嘟——嘟——"三秒钟后无人接听，姜之悦便将电话挂了。不是她没有耐心，是她担心自己在打搅对方。

未等姜之悦撂下手机，许寯教授就回了过来。一接通电话，姜之悦马上开始自我介绍，然后对他的到来表示欢迎，接着又对一直不知他的到来表示歉意。

许寯教授爽朗一笑，说都是他做得不好，来了这么久，也没顾上召集教研室的同人开个会，相互交流一下。

听着许寯教授的一口京腔，姜之悦的大脑里闪现出他在网络照片上的那些形象，她试图把耳畔的这一声音同那些形象吻合起来。

姜之悦没好意思直接说自己想考他的博士，只是说想去听听他的研究生课程。许寯教授客气了一番，但还是把他的上课时间和教室告诉了她。

他的声音和他的形象都没让她觉得不适，可短短几分钟的交流，并没能让她从中捕捉到她想确认的东西。因此，结束通话后，姜之悦再度陷入沮丧，想到要和这样一个人打交道，她又开始变得烦躁不安起来。她清楚，这烦躁不安大体不是因为他，而是因为她自己。她不喜欢自己的多疑，不喜欢自己的挑剔，不喜欢自己的苛刻常常将自己置于被动窘迫的境地。她何苦总是跟自己过不去？

姜之悦又作为学生坐到了教室里，但她的心情却不像是在等候听课，而是在等候判决。许寯教授走了进来，比她想象的要年轻高大许多。他的目光碰撞上她的目光，停顿一秒钟后，又迅速移向别处，开始了自己的讲授。

他继续分析鲁迅的小说《伤逝》。他说，这篇作品在形式上算是一个始乱终弃的传统故事，但在实质上揭示的却是现代人的迷茫和困惑。这种迷茫和困惑正是我意识出现之后的必然心理反应，是个体成长面对未来不确定性时的无所适从。与其说鲁迅意欲探讨的是爱情与生活的关系问题，不如说是在向我们呈示自我的成长问题。然而遗憾的是，我们在涓生和子君的身上都没能看到这种成长。

"子君说'我是我自己的，他们谁也没有干涉我的权利！'，这种自我权利意识表明了子君的现代人身份。可一旦她进入婚姻之后，我们就不难发现，子君在精神上依旧是归属于传统社会的。所以，她在家庭中的角色定位和她的同性前辈们没有任何不同。显而易见的是，子君准备度过的就是相夫教子的一生。

"涓生则似乎始终把持住了他现代男性的立场，这点也体现于他婚后对子君的期待上，如他仍然渴望同妻子进行精神层面的交流，而不希望对方把所有经历都投入到家务琐事上。这对新婚夫妇彼此之间的兴趣与关注在家庭生活中发生了他们意想不到的变化，进而阻碍了两个人之间的情感沟通。不过值得注意的是，涓生对于精神交流的需求可能仍是一种对于恋爱感觉的迷恋，而依照我们的经验，这种迷恋往往属于女性的心理诉求。但令人费解的是，子君却没有这样的心理诉求。当然，这在很大程度上是同子君的传统精神息息相关，传统女性的爱情理解限制了她们的表达方式，同时也降低了她们对于爱情的希冀。

"可我要提醒诸位的是……"他的目光又回到她这里，旋即又逃也似的离开，"……爱情不等于爱……爱情不等于爱，爱情是自我的愉悦，爱是给予他人的关怀。因此，涓生虽然在乎爱情，却并不懂得体恤子君。他只是一味表示着对于子君的失望，吃掉了她的小油鸡，抛弃了她的小狗阿随。想一想，诸位，从涓生的这一系列作为，你们能看出他对子君的爱吗？而在我看来，子君倒是真爱涓生的。她对家庭生活的投入难道不包含着对涓生的爱吗？

"爱情固然美好，却需要成长，成长为爱，婚姻就是让爱情成长为爱的生活。都说婚姻是爱情的坟墓，但爱情何尝又不是婚姻的坟墓？自由使我们相爱，爱使我们为自由负责。可遗憾的是，涓生和子君都不明白自由的真谛，结果便走向了自由的反面。这里，我要指出的是，自由的反义词不是禁锢或者束缚，而是任性。因为不能对自己的自由负责，所以涓生和子君的结合与分离显得草率而又任性……"

许寯教授令人耳目一新的讲解触动着姜之悦内心最隐秘的一部分，他在讲到子君的死去时，甚至动了情，声音一度出现湿漉漉的战栗。姜之悦垂下头，不敢看那张动情的脸。她在想，自己是不是也犯过涓生的错误？她是真的爱丛志吗？

重新昂起头时，姜之悦瞥见坐在她右前方的一个女生正在用纸巾擦拭泪水，她也是在为爱情的命运而悲伤吧。也许，女人只有不再为爱情而哭泣的时候，她才有可能是强大的。从这一意义说来，子君也算是强大的，至少她没让人看见她为爱情流下眼泪。然而子君又是弱小的，她缺乏对抗传统的实力，她崭新的理性认知不足以帮她寻到真正的新生之路。

翻翻自己的笔记本，姜之悦记满了整整五页，而许寯教授的黑板上却一个字也没有。他好像不喜欢写板书，大概是不想中断自己那一泻千里的思路。学生们经常反应她讲课时的语速太快，今天她终于碰到一个比自己的语速还要快上一倍的教授。

既不写板书，也不看讲稿，只是马不停蹄地往下讲，仿佛在狂追思路尽头那稍纵即逝的惊喜。两节课下来，姜之悦紧张得无法自如呼吸，并且由于紧张，她也错过了某些对于许寯教授思路的领会。有时，那一长串的话语留给她的，就是一长串的空白和一长串的茫然。

等学生们都陆续走出教室，姜之悦走向许寯教授。她还没来得及开口，他倒先说话了："您好，是姜老师吧？"

"您好，久仰啦，许老师。您的课真让我受益，谢谢您。"

"过奖啦，许老师，如果去听您的课，我想我也会这么说的。"

走出教学楼，许寯教授抬头望了望天空，道："这天蓝得像是梦境。"

"许老师是因为喜欢我们这里的天空才放弃北京的吗？"

他"哈哈"一笑："可以这么说吧。"

"我们滨城虽小，却有特别干净特别内秀的风景，许老师选择这里应该是没错的。"

"哦？只有你这么说，别人都对我的选择表示不可理解。"

8. 伤逝

"其实，大多数人并不知道选择，他们只知道效仿。"

"您说这话我完全认同。"

回到教研室，姜之悦将一直拎在手里的一个白色帆布袋递给许寓教授："这是我妹妹寄来的明前毛峰，请您尝尝。许老师应该是爱喝茶的吧？"

"您这是给我送礼吗？"他又是"哈哈"一笑。

"没有，您就当是分享吧。"

"好吧，谢谢您的美意。咱们都是同事，应该不存在请客送礼那一套。"他将茶盒打开，"咱们现在就尝尝，绿茶要趁新鲜喝才好。"

"我来，许老师。"姜之悦接过茶盒，从饮水器里拿出两个纸杯和杯托。

许寓教授接过茶水闻了闻，道："嗯，果然是新茶，清香袭人。再看这茶形，这颜色，多漂亮。我就喜欢喝绿茶，这些都是其他种类的茶所没有的。"

听了他这番品评，姜之悦感到受用，她和他之间的陌生感正被这翠绿的茶水冲淡，取而代之以一种莫名的亲切感。她觉得那憋在心里许久的话到了该说的时候。

"只能选择在我这里读吗？"得知她见他的真实用意后，他问道。

她说："我想是的，除了您这里，我想不出更合适的去处。"她如实说出自己想要表达的意思，但略去了那些已到嘴边的赞誉之词。

"既然如此，那我只能表示欢迎喽。"他从书柜里抽出自己新出版的两本论著送给她。

"麻烦许老师给我签个名吧。"

他的字写得很慢，很用力，像是刻印在扉页上的印刷体，她即刻明白他不写板书的原因了。

他询问了她的硕士论文写作情况，又让她把自己最近写过的论文拿给他看看。他们之间的同事关系正在开始向师生关系转变，不过姜之悦并未因此感觉到有什么不自然，毕竟他和她尚没有过实际同事意义上的相处。

离开许寯教授，坐上公交车，姜之悦的眼前忽然又暗了下来，她好像在朝毫无生气的方向挺进。她以为要下雨了，看看天空，还是许寯说的"蓝得像是梦境"。委实是个梦，她从梦中醒来，湛蓝即变成了灰黑。这梦是片刻的，并且不在她的睡眠里。

可是，翻开许寯教授的书，看到他留在扉页上的字迹，姜之悦俨然又回到了那个梦里。那个梦企图突破现实，在可能与不可能的边界来回逾越。好奇赋予了她战胜死亡的力量，但是她有这种好奇的资格吗？在丛志之外，她从未对一个男人产生过好奇。

她想进入这个男人的文字，他的文字在召唤着她：入口处的那段路途倒是顺畅的，但稍不留神，她便迷失其间。周遭都是景象，她却什么也看不明白，她的视觉领会不了那些景象的含义。这是诱惑，也是迷宫，她想逃离，却找不到来时的入口。

她把这本书打开，合上，再打开，再合上。她关掉台灯，闭上眼睛，不去想它，将思维转向他上午的课堂。可那课堂竟也变成了迷宫，她刚想到《伤逝》，想到涓生和子君，接下去就不知想的是什么了。她似乎已把他讲过的那些震撼过她的内容忘得一干二净。许寯教授使她得了健忘症。

为了方便许寯教授阅读，姜之悦打印出自己最满意的两篇论文，准备下次上课时放进他的信箱里。然而接连两个星期，她都没有想起这事，只是一见到他才会恍然记起。对于他的课也是如此，只要一离开教室，她就想不起他讲了些什么。即便借助笔记，她也想不明白他讲的到底是什么。

不是许寯教授使她得了健忘症，是他使她意识到了自己的健忘症。站在镜子前，姜之悦凝视着自己的面容，她好像把她自己也给忘了。姜之悦是这般模样的吗？这个蓬头垢面的女人究竟是谁？

她有多久没梳头洗脸了？难道她就是这个样子去见许寯教授的吗？姜之悦倒出满满一手掌的洗面乳抹在脸上，将脸一遍又一遍地搓揉，冲洗，她以

8. 伤逝

为自己是在努力恢复姜之悦的真实样貌。

把脸清洗完毕,她仍没能看出这张脸和刚才有什么不同;再把头发梳来梳去,也还是看不出有什么明显变化。她脱下家居服,打开淋浴喷头,把自己从头到脚又彻底清洗了一遍。

再次赤身裸体地站在镜子前,她看到的是一个干干净净、面有血色的女人,这个女人叫姜之悦,她端详她良久,要把她铭记在脑子里。她需要重新铭记一切。

她要记住每天梳头洗脸,记住每天早晚按时给海心海童做饭。终于,她也记住了把那两篇论文交到许寯教授的手上。

"是最近才完成的?"他问她。

"好像是吧……"她回答。

"好像是?"

她又遁入了恍惚的状态,不知自己刚才说的是啥。她点头,又摇头,再点头,仿佛困顿在一个令她不知所措的梦里。

她跟他走到文学院门口,忽然临时找个借口逃了,她觉得自己此时的状态仍旧恍惚,真怕自己的言行会有什么不当的地方。但没走几步,她就后悔了,她停下来,转身朝他们教研室的那两扇窗户望去。她从未如此关心过这两扇窗户。

正对着那棵巨大构树的窗户正在被人打开,姜之悦紧忙低下头,尽量不急不慌地向前走去。走到文学院楼的另一侧,直至看不见那两扇窗户了,姜之悦才开始回归她该走的正确方向。

坐在车上的姜之悦大脑昏沉,眼睛时睁时闭,在睁开的刹那间,她似乎听见了自己要下车的站名。

"等等!"随着一声惊慌失措的喊叫,姜之悦从正要开动的车上匆忙跳了下去。

站稳身子，抬起头，姜之悦发现自己是提前一站下了车。她不想再等车，为了那一站路的距离。她索性步行。

一辆白色小汽车在她前方的路边停下来，走到跟前时，她看到一个戴太阳镜的女子在冲自己招手，她愣了好几秒钟，才认出那是小蔡。

"你这是要去哪里哟？海童妈。"小蔡问。

"回家。"

"可你走反方向啦，那里哪有你的家呀？"小蔡的头朝那边晃了一下。

"是吗？"姜之悦左右看看，她已经没有了方向感。

"上车吧。"

姜之悦乖乖坐进小蔡的车里。

"我也是回家，正好瞧见你朝相反的方向走，觉得有点奇怪，所以拐回来问问你。"小蔡用有些异样的目光打量了姜之悦一眼。

"哦……"

"又有好久没见过你了，海心快高考了吧？"

"哦……"

"你怎么啦？海童妈。"小蔡有瞥了姜之悦一眼，"是生病了吗？"

"哦……没有……"

"你不觉得你的脸色很不正常吗？"

"哦……是吗？"

小蔡放慢车速，拐入小区大门，她发现姜之悦的眼角隐约有泪光在闪动。"去我家坐坐吧。"她说。

姜之悦没说什么，继续乖乖跟在小蔡的身后。

"海童妈，先喝点水。"小蔡倒了杯大麦茶给她，"最近是遇到什么事情了吗？想说给我听听吗？"

姜之悦摇摇头，又摇摇头，掏出纸巾，眼泪终于没能止住。

8. 伤逝

"是跟海童爸闹别扭啦？"

"不是。"

"那是工作上的问题？"

"有一点吧……"

"那就说出来，不要积压在心里。咱们是朋友，你当然可以讲给我听。"小蔡俯下身，握住她的一只手。小蔡的手温热而柔软，她的手冰凉而坚硬。

姜之悦抿了一口茶水，平静两秒钟，讲起自己的失眠。失眠将她变成了一头困兽，终日无法作为，最近，这头困兽又迷失了自己，游走于清醒和迷茫之间。她不知道自己想要干什么，然而顷刻间，她又知道了，知道了，她却格外羞愧，甚至有无可饶恕的罪孽感。

姜之悦的脸色由黄变白，又由白变红。开始时，红仅仅停留于她的颧骨，渐渐地，便扩散到整个面部，包括额头，包括耳朵。小蔡看着她由病人变成一个醉酒的人，她那欲言又止的惆怅里分明昭示着掩抑不住的甜蜜。小蔡看得越来越明白了。

"你真的生病了。"小蔡微笑着说。

"什么病？"

"爱情病。"

"爱情？我？"

"你还不敢承认吗？你喜欢上那个许教授了哟。"

"我哪有资格喜欢人家？"

"爱情是一种热病，得了就得了，无所谓资格的。"

"那我该怎么办呢？小蔡。"

"有病去治就好啦。"

"怎么治呀？"

"继续爱他好啦。"

"继续？他是有家室的人……我也一样……"

"那又怎样？你不是已经爱上他了吗？"

"但这是不会有结果的爱……"

"你想要什么结果？跟他永远在一起？"

"我……我没有这么想过……我从没想过要改变自己目前的生活，尽管……"

"爱就是去爱，不是被爱，爱是存在，不是占有。只要你不计较得失，你的爱就是一种幸福的体验，没有人可以干涉你的这种幸福。"

"可是……我的道德感不允许我这样。"

"如果你遵从的是自己心灵的自由，那你的行为同道德就不相违背。一切与心灵自由相悖的道德都是伪道德。"

自由？姜之悦回忆起他在课堂上讲到的自由。他说，自由的反面是任性。那么，她的爱是不是一种任性呢？如果是，她岂不就是不道德的？

姜之悦把杯子里的水一口饮尽，感到的是更强烈的燥渴。小蔡又给她倒满一杯，她端起来一口气饮下大半，用食指揩了揩嘴角。

"小蔡，你说道德是什么？"她问。

"斯宾诺莎说过，自我保存的努力是道德的首要基础，也是唯一的基础。"说着，小蔡起身去了另一个房间。回来时，她的手里捧着一本书，她把这本书递到姜之悦面前，指着用铅笔标划过的一行文字："你看吧，我可不是信口开河哟。"

姜之悦认真看了看那一整段文字，又看看书名"伦理学"。

"小蔡……你也看这种书？"她望着坐在一旁的小蔡，满脸惊魂未定的表情。

"大学时我修过两门哲学课程，尤其喜欢 Robert 教授主讲的西方伦理学。"

"原来哲学还这么有用……"姜之悦把书还到小蔡手里，心想着自己马上

8. 伤逝 129

也要买一本好好读读。

小蔡说:"中午在我这里简单吃点,吃完我陪你去医院。"

"有必要吗?"

"我觉得很有必要啊,你对自己太大意啦,如果不及时干预,万一……"小蔡的眼睛一下子睁得老大,好像"万一"后面的情景吓坏了她。

小蔡做的西红柿鸡蛋面,配上一荤一素两个小菜,不尝味道,光看外表和餐具,姜之悦便有了食欲。她忍不住又偷偷看了小蔡两眼,这个女人的美丽的的确确好有味道。这味道她是学不来的。

去哪家医院,挂哪科的号,姜之悦都没有概念,对自己的病她也没有概念,只是顺从地跟在小蔡后面。只有需要掏钱的时候,她才冲到前面。

在走廊里候诊时,姜之悦问小蔡:"你怎么对人这么好?"

"不要搞错啦,我可不是对谁都这么好的,因为你是我的闺密哟。"

姜之悦笑笑,十分感动,也十分尴尬,她平时怎么就想不起来自己还有这样一个好闺密呢?

医生和姜之悦交谈了不到一个小时,她尽可能如实回答着医生的提问,但涉及情感方面的隐私她还是回避了。她不想再谈起许寓教授,因为她觉得关于这个问题,小蔡已经给了她很好的答案。实际上,在跟这位医生交流的过程中,姜之悦已经愈发明确意识到,这次治疗对自己不会有多大的帮助,她所遭遇的困惑在小蔡那里已然变得明朗起来。倘若她知道怎么做了,她就能够找回从前的姜之悦。

医生最后给出的诊断是中度抑郁。小蔡说,这个结果跟她想的一致。

中度抑郁,姜之悦顿时明白了,丛志的父亲应该就是死于这种疾病。只不过,他更有可能是重度抑郁吧。

9．远方

医生给姜之悦开了两种抗抑郁的药，小蔡看完说明书后，说最好先不要服用，这种药效的副作用可能是蛮严重的。其实，即使没有小蔡提醒，姜之悦也没打算服用，她对一切药物都存有着莫名其妙的抗拒心理。

当夜，睡眠失而复得，梦又回归了黑暗。真实的黑暗，真实的梦境，真实的他。当他将她拥入怀里时，那甜蜜骤然变成惊恐，让她一下子从梦里跌落出来，悬置于进退两难之间。哦，她是自由的，然而她的枷锁也是真实的。她愿意砸碎这枷锁，却又怀疑自己没有足够的力量。是自己的力量不够？还是这枷锁太牢固？

姜之悦没再去丛志父母的房子里寻求庇护，她开始从小蔡那里接受慰藉。和小蔡聊聊，会让她感觉轻松许多，她俨然成了她幸福感的某种保障。小蔡的外表和她的内心属于两个反差极大的世界，一个优雅，一个狂野；一个宁静，一个热烈。

"你没再爱过谁吗？"趁小蔡低头看手机的工夫，姜之悦问道，她猜测那手机里会藏有关于另一个人的秘密。"我是指……"

"我明白你的意思，"小蔡说，"我没有。"她扔下手机，转了转手腕上的玉镯。

"你比我有理性。"

"这和理性有什么关系哟？莫非有理性就可以不生病了吗？"

"我不信除了你丈夫，就没有别的男人喜欢过你。"

"当然有啦，问题是我并不喜欢他们呀。"

"就没遇见过一个你喜欢的？"

"确实没有啊，海童妈。我工作不到一年就怀上了大恒，这些年一直都在家里照料两个孩子，其实是三个孩子，大恒爸也是一个孩子。我几乎没有社交圈，遇到的异性非常有限。想想看，如果你也和我一样，那你还能遇见你的许教授吗？"

"唉，遇见又能怎样？"姜之悦自己都听出了自己这句话里的矫情意味。

"海童妈，我觉得你有一点点虚伪哟。"

姜之悦笑了，双手捂住脸颊，她的脸颊滚烫，仍处于小蔡所说的热病之中。

"人也需要大病一场，这样才能真正享受到健康的人生。"小蔡说。

果然，姜之悦大病了一场。

得知海心的高考成绩，姜之悦的眉头半天没有舒展开来。虽然她从未对这一结果抱过任何幻想，甚至认为自己已经做好了最坏的心理准备，但在看到海心的分数后，她还是身不由己地感到郁闷和烦躁。

整整三天，姜之悦都没有理睬海心。做完饭，她便去海边待上数个小时。现在去海边更方便了，小区的东门新修一条直通大海的公路，步行不到一刻钟即可到达。

坐在树荫下，望着翻腾的海水，姜之悦为海心的未来忧患无穷。滨城的春天多风，时大时小，从四面八方涌来，吹得姜之悦无法安宁。她看见海心走在这样的风里，东倒西歪，步不成形。她这一生只够应付风的肆虐了，还奢谈什么未来？她曾以为海心能够找到属于自己的道路，而今这信心却开始随着海心在风中的身影飘忽不定。当未来近在眼前的时候，信心便轻易丧失了理由。

待心情逐渐恢复平静下来，姜之悦觉得可以面对女儿了，便问海心要不要复读？

海心的答复极其干脆：坚决不要！她说她不想浪费生命。

姜之悦说，那就只能上大专啦。

海心说，这样挺好，还能节省一年的时间。

听了这话，姜之悦的心里极不是滋味，却又装作心平气和的样子，问及海心填报志愿的问题。

海心显得极不耐烦，说不用她管。

姜之悦终于克制不住了，怒吼道："我是你妈，我不管你，谁能管你？！"

"你去管你儿子吧，我不需要你管。"

"你这是什么意思？海心。"海心刚才的话让姜之悦听出了弦外之音。

"他是你的亲儿子，我不是你的亲女儿，我只是这个家里的一个替代品，是给你儿子解闷的一个工具！"

姜之悦惊愕得一时说不出话来，愣愣地望着海心："……这话是谁说的？"

"我！"

"海心，难道我没把你当成自己的亲女儿吗？我对你和海童有什么不一样的地方吗？"如果不是海心提醒，姜之悦或许永远想不到这个问题，海心不是她的亲女儿吗？亲与不亲，又该如何界定？她不在乎血缘，因此早已淡忘海心和他们之间的这一不同，现在看来海心却从未忘记。

"当然有，亲的就是亲的，不是亲的就不是亲的。"

"海心，我请你记住，你就是我的亲女儿，这一点我从来没有怀疑过。"她

9. 远方　133

强忍着怒火轻声说道，尽量让自己显得理智一些，"除非……除非你不认为我是你的亲母亲……"

亲母亲？海心憎恶这个亲母亲，她永远不要想起这个亲母亲。这个亲母亲已经在她的记忆里彻底死去，依稀留下的只是那辆三轮摩托车和一个警察，后来，那个警察成为了她的伯父，眼前这个女人成为了她的母亲，一个不是亲母亲的母亲。

这里不是她的家，但她必须把它当作家，一个孩子不能没有家。可是此后，她却无数次想过流浪，想过离开这个家，做一个没有家的孩子。她本就是一个没有家的孩子，没有家的她才是个真实的孩子。那天，摔门而去的她终于获得了这种真实感，她以为自己找到了自己，只有前方，没有后路，只有未来，没有历史。而她的现在或者此刻，就是一座被人遗忘的孤岛。

她走到滨海公园附近的码头，一艘货轮即将离港，她毫不犹豫地冲上了甲板。那个企图阻拦住她的叔叔问她要去哪里？她说远方。叔叔问她多大了？她说十五。叔叔说，我不能带你走，等你年满十八岁的时候再来找我吧。

叔叔将她抱下轮船，用散发着柴油味的粗糙手指擦去她眼角的泪花。记住我的轮船，小姑娘，他说，它叫女神号，我和女神一起等你。

女神号告别的汽笛声充满无限感伤，望着它缓缓隐入暮色之中，她随即被自己的泪水淹没。她又一次被抛弃了。是不是长到了十八岁，她就再也不会被抛弃？

"喵——"女神号汽笛的余音尚未全然沉寂，又一声凄凉的呼唤震颤了她的耳膜。她向那排垃圾桶走去，又一个被抛弃的孩子在那里等待着她……

妈妈极少在她面前流泪，见她突然哭得像个孩子，海心顿时手足无措。她想上前安慰她，却又难以落实自己的言语和动作。她把那张打印出来的志愿填报表默默交到妈妈手中，随后走出去，来到户外的风里。她的头发已经张得像一面旗帜，在风中高高飘扬起来。云南也会有这么大的风吗？

深海沉默

海心所有的志愿填报的都是云南的学校，姜之悦预感到自己正在失去这个孩子，她将离自己越来越远。也许，她早就在某一时刻开始远离自己了，只是她一直还蒙在鼓里而已。海心的今天再度证明了她作为母亲的失败，更失败的是她竟然不知自己究竟错在了哪里？

她把海心那张志愿填报表拿给丛志，想听听丛志的意见，可丛志什么话也没有。

"我做错了什么？"她问。

"你怎么啦？"丛志被她问得一时摸不着头脑。

"她为什么要走这么远？"

"她喜欢呗。"

"她是讨厌我们。"

"你想多啦，她走得再远也还是我们的孩子。"

"问题是我们的孩子讨厌我们。"

"怎么会？"

"丛志？"

丛志看着她，似乎觉得她今天有点不大正常，起身打算躲开。

她一把抓住他："你坐下，我的话还没有说完哪。"

她严肃的神情让丛志感到了害怕，他只好老老实实坐下来。

"我问你，你爱海心吗？"

"你怎么就喜欢问这些无聊的问题？"丛志一脸的厌烦。

"请回答我的问题。"

丛志不知该如何回答，他以为这压根就不是一个问题。

"你爱海心吗？"她追问道。

"爱……"丛志的脸上带着屈辱的表情。

她沉默良久，道："我认为我也爱她，可是现在……我怀疑我并不是真的

9. 远方

爱她。"

"我得去公司开会啦。"丛志说。

她看看他躲闪的眼神,轻轻"哼"了一声,似笑非笑。

"砰——"一声门响把姜之悦扔进无边的孤寂里,这孤寂沉重得令她无法承受,甚而无法呼吸。她挣扎着站起,让口鼻露出水面,贪婪汲取孤寂之外的氧气。

她推开门,逃离这孤寂的海,向真正的大海游去。风中夹带着雨滴,她毫不介意,勇往直前。

海边的风更大了,雨滴也更加密集,她在沙滩上瑟瑟发抖。阵阵海鸥的叫声将她的目光引向海洋的尽头,一艘白色的巨轮在前方驶过,无声无息。她想到一个词语:远去。什么时候她也可以像这样孤身远去?无声无息的远方似乎有着最喧嚣的诱惑,可以收留她此生所有的躁动和不安。

她的安宁,她的沉默,或许是出于无力和无奈;她的无力和无奈里,或许隐匿着被她忘却的渴望和不甘。至少,海心是爱着远方的,就算因为讨厌这个家又有何妨?海心应该看重的不是她作为母亲的爱,而是海心自己的爱。而她应该看重的同样也是她自己的爱,可问题是,她自己的爱里却不包含她自己。

无我的爱,这本身可能就是错误的。小蔡一直提醒她,要对自己多上点心,说的大约就是这个意思吧。她从一开始就在寻求被爱,到头来却不知该如何爱她自己。所以,她才会纠结自己对海心的爱,不是吗?

这种纠结同小蔡所说的心灵自由一定是相矛盾的,那么也就难怪海心对她做出的反应了。她要想矫正自己对于海心的爱,首先就得矫正自己对于爱的认知,承认自己给予海心的爱是不够的。如果海心没有感受到她的爱,没有感受到这个家庭的爱,那么,这能是海心的过错吗?别再纠结,继续去爱吧,包括爱自己,爱这风,爱这雨。

姜之悦的身体在风雨中由发抖变成了抽搐，背部隐隐的酸痛转向腰腹部明显的胀痛。她艰难地走回家中，脱下水淋淋的裙子，钻进被窝里。

天黑了下来，海心觉得不太对劲，从房间里走出，打开客厅的灯，看一眼安静的厨房，喊了一声"妈——"。

没有人回应，海心敲敲妈妈卧室的门，走进去，一片昏黑。她随手揿开身旁的壁灯，看清裹在被子里的妈妈。

"妈，你怎么啦？"她听见了妈妈的呻吟。

"我浑身不舒服……你自己凑合做点吃的吧，冰箱里有……"

海心用手摸了摸妈妈的额头："你发烧了……"说完，她转身去五斗橱那里找出体温计塞进妈妈的肘窝，又将一条冷水湿毛巾叠成长方块敷在妈妈的额头上。

五分钟后，海心取出体温计，三十九度八。

"我去药店一趟。"海心说。

姜之悦想提醒她买退烧药，但没等把话说出口，海心已经走了出去。

海心买回的是退烧药和感冒药，给妈妈吃完药后，她问妈妈想吃什么饭。

姜之悦没有胃口。

海心去厨房用电饭煲煮了一锅白米粥。她感冒发烧的时候，也吃不下饭，妈妈就给她煮白米粥，就着韩国泡菜吃。想到韩国泡菜，海心不得不马上又去了一趟社区的韩国超市。

熬好粥，海心先给妈妈盛上一碗凉着，将客厅飘窗上的那个小木桌搬到妈妈床上。雨小了些，海心打开窗，让清凉的空气流动进来。

姜之悦什么也不想吃，但感于海心的好意，还是勉强挣扎着坐起来，喝下半碗粥。

"好点没？"海心问。

"好点啦。"但腹部的疼痛似乎仍在加剧。

9. 远方

时间已经不早，姜之悦打发海心去睡了。她一边忍着剧痛，一边思量着是不是要去医院？她真有些撑不住了，这次腹痛实在特别。

恰好丛志这时回来了，浑身的酒气。姜之悦的呻吟不自觉地加重起来。

"你哪里不舒服？"

"我要去医院。"

丛志有些犹豫，看看她，好像是想确认她究竟有没有必要去医院？

"送我去医院。"她的语气十分坚决。

丛志于是打消犹豫，拨通急救中心的电话。

姜之悦疼得无法走路，丛志只好背她下楼，可没等走到屋外，他打战的双腿便开始濒临崩溃，弄出的声响惊醒了海心。穿着睡衣的海心从房间里走出来。

"我来吧。"海心背起母亲。

"小心啊……"姜之悦伏在海心的耳边叮嘱道。

海心稳稳地踩着台阶，经过两层楼，一气走到楼下。丛志跟在后面用手机照着楼梯。

他们刚在单元门前站定，救护车便驶了过来。

"急性阑尾炎，怎么现在才送过来？"接诊医生不满地瞪了丛志一眼。

丛志支吾着，摇摇头，他的大脑仍有一部分尚处于酒精的控制之中，对外界所传递的危险信息已不那么敏感。

姜之悦被立即推进了手术室，丛志坐在门口的椅子上睡着了。

听说要手术，姜之悦不免沮丧，她想到明天还有许寯教授的课，她不想错过这一周只有一次的课。她希望手术一结束，自己马上就能重新站立起来。这个想法即刻有效缓解了她的痛感，她以为明天一早自己真的就可以是一个健健康康的人了。事实上，是麻药化解了她的疼痛，连同她所有的想法也都一并化解，将其带入无梦的梦境。

当她从无梦的梦境里睁开双眼，随即又进入了一个真实的梦里，许寯教授正站在她的床尾前，笑吟吟地望着她。

"系里要派代表来看望你，我说我来代表吧。本来办公室的司老师要一块来的，因为临时家中有事，就我一个人来啦。"他说。

这是在哪里？姜之悦环顾左右，看见站在窗边无精打采的丛志，看见躺在另一张床上正在输液的年轻女子，她立即将昨夜同此刻连接了起来。梦变成现实。

"你们怎么知道我在这里的？"

"听司老师说，是你女儿打电话告诉他们的。"

"哦，她是要给我请假吧，我还没顾得上这些，病来得太突然。"

"你就安心养病吧，你的课我替你上。"

"这怎么好意思，许老师，还是等我出院再给学生补吧。"

"没事的，反正我的课也不多。"他抬手看看腕表，"我得走啦，还有课。"

"我知道，您去吧，许老师，谢谢您！"

"对啦，你那两篇文章我推荐给了两家核心期刊，他们都答应在年底之前刊出。"

姜之悦激动得有些眩晕，这也是幸福的眩晕，令感谢的话语没有了任何分量。她的嘴唇哆嗦着，无言诉说着她心底最深情的秘密。她相信他知道，他们正在向彼此靠近，心灵的靠近。他是她的拯救者，而爱不就是拯救吗？

随着他的身影在门口消失，她闭上了眼睛，继续眩晕在他带来的那束康乃馨的芬芳里。她的背部开始无限放大，承载着沉沉的困倦，睡意实实在在地朝她压来。她穿过梦境的入口，向他追去，等等我……她听见丛志跟她说起海童，但她已经止不住飞奔的脚步，丛志的声音在她身后微弱如狂风中的烛火。

海童在母亲梦境之外的广州，他是前来参加全国青少年游泳锦标赛的。

9. 远方

于教练说，拿下这次冠军，他考大学可以加不少分，说不定还会有大学愿意免试录取他。他是市青少年游泳冠军，也是省青少年游泳冠军，就差这个全国青少年游泳冠军了。等拿到这项荣誉，他的目标便该是世界冠军啦。

于教练显得比海童还有信心，一切不过就是时间的问题。海童让于教练发现了自己巨大的潜在价值，冠军不是最重要的，最重要的是生产冠军的教练。如果没有他于教练，怎么可能会有海童这个游泳池里的天才？海童所有的成就都是他的成就，他毫不怀疑这一点，他的使命就是不断催促海童获取更多更大的成就。他把海童当作了他游泳池里的囚徒。

对于这个囚徒而言，游泳池里的水尽管清澈平静，但却了无生机，像一面虚伪的镜子，用冠冕堂皇的荣誉掩饰着厮杀和乏味。每次跳下去，海童都觉得是在跳进一个陷阱，弄得他遍体鳞伤。水中那股氯臭让他越来越难以忍受，他不顾一切的速度正是对这股氯臭的抗拒和逃离。在海水里，他感觉不到自己需要呼吸，而在这游泳池里，窒息随时提示着死亡的恐惧。

他怀念海水里的盐，那带给他饥渴和满足的咸。喝一口海水，他便有了醉意，而喝一口这里的水，却使他恶心。他想离开游泳池，永远离开，但又不知道该怎样离开？何时离开？于教练的踌躇满志让他踌躇，于教练的雄心勃勃让他为难。于教练属于游泳池，可他却属于大海。大海不忍心让游泳池失望，结果，他只好伤害自己。

他用迟疑的目光望着于教练，嘴唇在嚅动，于教练不明白他这是在和自己说话。于教练亲昵地搂住他湿漉漉的后背，端详着他的脸，说："孩子，你这嘴巴一张一合的，真像是一条大鱼。可是你的眼睛……却完全像是一个婴儿，惹人心疼。"

有时，他觉得于教练更像是他的父亲。他对他相当严厉，但却从不缺乏柔情。去年生日那天，他在省城参加集训，于教练为他订了一个特大的蛋糕，大得覆盖住了他对自己所有生日蛋糕的记忆。他排斥游泳池，却并不排斥于教练。要不是因为于教练，他可能早就离开了。

　　他不仅是不喜欢游泳池，他更不喜欢比赛，不喜欢拍摄那些广告。自从他获得那次全市少儿游泳精英赛冠军之后，就开始不断有广告商联系他，让他为各种产品代言。他傻傻地站在摄像机前，面对着刺眼的灯光，机械地重复着他们规定的动作和表情，还有他们要他说出口的那些话。他不喜欢自己的声音，仿佛是一个陌生人使用他的喉咙在说话。看到电视屏幕上说话的自己，他觉得好不怪异，那像是一个伪装的自己，正在散布着弥天大谎。后来，他再也不愿意发出声音，他们只好找人替他配音。他拒绝看到电视屏幕上被配音的自己，那个海童甚至让他感到有些许邪恶。

　　于教练说，这次比赛完事后，他会接到更多的广告。他说，广告兑现的就是金牌的价值。海童不理解教练衡量价值的准则，在他心里，只有大海才是价值的体现。如果没有大海，他本身也是没有价值的。

　　站在起跳台上，蓝盈盈的池水幻化成了大海，闪动的水光是一条条向他奔涌而来的鱼。海童聚精会神地看着，脸上是沉醉的微笑，醉得他忘记了周遭的一切。直到鱼群被那些有力的手臂击溃，阵阵闪光灯在他眼前爆燃，破碎的现实才又在他短暂的盲视之后恢复原形。他听见了刺耳的嘘声和开心的嘲笑，他瞥见了于教练绝望的眼神和像两条死鱼似的摊开的手掌。

　　望着在水中奋力劈波斩浪的对手们，海童的微笑忽然绽开，成怒放的花朵，自由的花朵。他转过身去，走下起跳台，他自由了。

　　"这到底是怎么回事？怎么会出现这么低级的错误？你在想什么呢？"于教练咆哮着，拳头在墙壁上捶得"咚咚"响。

　　海童想说，他在想大海，想大海里的鱼。其实，刚刚在起跳台上，他做了一个梦，一个蓝色的梦。

　　他不慌不忙地收拾背包，准备回家。

　　于教练收敛住火气，说："好吧，接着准备下面的比赛。"

9. 远方

海童摇头，他只想回家。

"孩子，不能这么任性，否则会葬送掉你的前程！"

海童拎起背包，躲闪着包围住他的人群，朝外面走去。

"你要去哪里？！"于教练的火气再也抑制不住。

海童直奔长途汽车站，相比于火车，他更信赖汽车。于教练盯着海童离去的背影，犹疑一秒钟，没有追上去。他猜他很快就会回头，还有接下来的比赛，而且，他不信他一个人可以回家。这么陌生的城市，这么遥远的路途。

海童的确惧怕陌生，但也仅仅是惧怕了两分钟。站在街边，看见一辆驶来的出租车，他招手拦下，像背诵似的说出去"长途汽车站"几个字。

到了长途汽车站，他欣喜地找到开往滨城方向的汽车。买票，上车，比火车简单，更比飞机简单。他在逼仄的卧铺上躺下，犹如躺在了家乡的土地上。一天一夜的颠簸让他感受到的是海浪上的荡漾，他从一个梦滑向另一个梦，梦几乎不给他喘息的时间，所以他无法睁开眼来。

从车上跳下，他用了很久才在地面上站稳，这熟悉的大地比海浪还要动荡。一阵微风掠过，他嗅到熟悉的海水的气息，脚下随即有了潮湿的感觉，大地不再摇晃，他的呼吸也得以解放。

"你的行为实在让我无法理解，"丛志对儿子说，"你就一点都不为自己的未来着想吗？"

看着风尘仆仆的儿子，姜之悦无比心疼，她赶紧给于教练打去电话，报告海童已平安到家。她知道，这无补于于教练所遭受的创伤，但除了歉意，她只有歉意。这个结果之于她又何不是一种创伤？

然而，姜之悦只能忍住伤痛，问儿子："一路很辛苦吧？"

海童没有回答，姜之悦也不需要回答，她接着问道："我们怎么向于教练交代呢？"

海童面无表情地摇摇头。

"你到底是怎么想的？"丛志走到海童面前，架势咄咄逼人。

海童仍然低着头，一言不发。

"你倒是说话呀。"

海童抬头看看父亲，动了动嘴唇。

"什么意思？"丛志问姜之悦。

"无可奉告。"

"你什么意思？"

"儿子说无可奉告。"

海童噌地从沙发上站起，转身去了自己的房间，关上房门。

海童此次的表现难道不是跟海心的高考分数一样令她失望吗？可她的反应为何却没有同等程度的激烈呢？姜之悦忽然怀疑自己心里的天平真是倾斜的，可能确乎有过不少对不住海心的地方。

10. 深度

他已比父亲高出一个头来，身型修长匀称，但走路却依旧头重脚轻似的跌跌撞撞，如喝醉了酒一样。道路于他而言永远是磕磕绊绊的，唯有在海里，他才轻灵自如。

大海同样是他的天空，他是海水里的鸟，他的遨游便是飞翔。搁浅在陆地上，他无法遨游，亦无法飞翔。他的手臂是翅膀，脚掌是尾鳍，走路只能借助回忆。因此，他的现实就在回忆里；也因此，他在现实里的姿态总是迟缓和滞后的。

大海不是现实，亦非回忆，大海是他的梦，是他通往未来的地方。未来不是时间，只是方向，这里没有时间。所以，这里不需要速度，这里唯有深度，或者，高度。

深度和高度没有界限，因为大海和天空在这里失却了界限，如同黑暗和光明在这里失却了界限。他愈向黑暗的深处潜去，也就愈能洞见深处的光明。最耀眼的光芒栖息于最隐蔽的幽暗之中。同样，最震耳欲聋的寂静也唯有这里可以倾听，它连通着宇宙深处的沉默。

补完各科作业，已是午夜，海童悄悄走出家门，来到海边。风儿睡着了，月亮也在打着哈欠，摇摇欲坠，随时就要扑倒在海的床上。然而，并无困意的海童却抢先扑倒在了这张巨大的床上，游向绵延的梦里。他吞下一口生动的海水，游泳池里的氯臭早被他彻底遗忘。

他登上鲸背似的褐岛，稍作歇息，接着向北游去，那里是更深的海域。他尝试亲近新的深度。海童只接受自由潜水，不用水肺，不用脚蹼，他甚至不喜欢潜水服。在他看来，这些全是羁绊，妨碍身体和海水的交流。只在冬天最寒冷的时节，海童才不情愿地穿上潜水服，以抵御那他不肯承认的刺骨。他相信，终有一天，他会像真正的鱼儿那样，可以把冰雪当作自己的衣装。

海童的身上仅有一只夜光潜水指北针和一把瑞士军刀，而这些，他想早晚是要丢掉的。他的泳裤其实也是可以丢掉的。一条真正的鱼没有身外之物。

他用力向下划去，没过多久，浮力开始消失，他的身体正转过来。他张开双臂，呈自由落体状态，像是在空中的滑翔。滑翔在遭遇坚硬的礁石时结束，他的双脚恢复了陆地上的功能，他开始在礁石上行走。这是梦中的漫步，没有陆地上的跌跌撞撞。

海水深处的海童不再是陆地表面的海童，他的心跳渐趋微弱，四肢的血液向躯体的中心汇集；他充满活力的肺部也在收缩，感官模糊一片，大脑驻留在梦里。他的背部被一条受到惊吓的大鱼撞击了一下，这却没让他产生本能的惊惧。他继续向前走去，身体再度悬空，向下沉去。

忽然，他有了兴奋的感觉，眼前随之出现一束光，那只陪伴他多年的毛绒海豚正从那束光里朝他游来。他迎上去，将它抱住，这只海豚竟然长得和他一样的大了。

海豚引领他兜了一个大大的圈，然后坠向深邃处，那里有温暖翻涌而来。但是温暖仅在一瞬之间，冰冷即随光的消失卷土重来，他的海豚也同那束光一起倏然无影无踪。回到黑暗里的海童听见海豚的叫声从上方传来，从他的

10. 深度

房间里传来，茫然之际，他循着声音的方向向上猛力划水。

渐渐复原的感知使海童知道了害怕，他意识到，自己的大脑里刚才出现了氮醉。如果任由兴奋的幻觉诱惑下去，他将再也无法清醒过来。

他拼尽最后的气力抓住水面，水面俨然真成了床板，他躺在上面，奄奄一息。

月亮浸在水里，星星也浸在水里，谛听着海童惊心动魄的呼吸。海浪中止了嬉戏，用严肃的静默守护着海童的休憩。

海童漂向褐岛，再从褐岛漂回岸边，躺在沙滩上熟睡过去。黎明时的冷风吹醒了他，他轻咳一声，坐起，褐岛正在火红的霞光中熊熊燃烧。他凝望着血泊似的海水，回想起他在一部电影里看见过的屠戮海豚的场面。他的眉头一紧，扭过头去，穿上衣服，跑向阒无一人的公路。

夏天本是海童最喜爱的季节，如今却令他有些隐忧。那一辆辆旅游大巴夜以继日地自全国各地密集开来，将喧闹和混乱源源不断地投放至这里。他只好躲到更远处的靖水湾，那里靠近私人的海洋牧场，有一处面积不大的沙滩，被大大小小的嶙峋礁石所包围。因为不通公路，所以人迹罕至。靖水湾正对着褐岛的鲸头。

去靖水湾潜过两次水之后，海童请求妈妈给他买一辆电动车。金安熙最近也有了一辆电动车，每天骑着它去特殊教育学校上学。

姜之悦想了想，说："有这个必要吗？电动车可是挺危险的啊。"

海童说有必要，他会非常小心，而且他只去靖水湾的时候才骑。

姜之悦同意了，又问海心要不要？

海心说："我马上就去云南了，用不着。"

海心的语气让姜之悦听了又有点不快，她还是不能理解，这孩子怎么会有这么大的怨气呢？

电动车买回来之后，久违的金安熙出现了。他每天晚上都会来找海童，带他出去练车。看着这两个有如影子一样无声来去的朋友，姜之悦依然觉得无限神秘，充满了解的渴望，就像她始终渴望了解海童所潜入的那个深处的世界。

夏天行将结束，蝉鸣骤噤，金安熙没有再来，海童已经可以熟练驾驭他的那辆蓝色电动车。姜之悦不知道，他们每天仍在碰面，也许算不上实质性的碰面。金安熙只是按时来到靖水湾，将他那辆黄色电动车同海童的电动车停放在一起，除去颜色，两辆一模一样的电动车。

金安熙走向沙滩，在一块平坦的礁石上坐下，眺望着空旷的大海，他清楚，海童此刻就在这海水的深处。偶尔，他会看见一个红点漂浮在蔚蓝的海面，那正是海童。他笑了，他猜测海童也在朝着他笑。

夕阳追随海童而去，暗红的海面变幻成灰色，金安熙离开礁石，骑上电动车。黑松林的枝柯下，仅剩蓝色电动车的孤独以及执着的等待。

聒噪的人群随着暑热一起消退，滨城又恢复了往日的宁静，海童也再次回到他的金滩浴场潜水。可惜，明天就要开学，他不可能再天天都来海边了。海童注视着褐岛的轮廓消融于暮色之中，缓缓转过身去。

"海童。"

听见有人喊他，海童抬起头来，是于教练。路灯亮起，于教练的脸上泛着黝黑的光，背部似乎又驼了一公分。

海童走到于教练跟前停住，微微一笑，把头低下。

"回来吧，孩子，我求你啦……"

海童一直摇头。

"一点希望都不肯给我了吗？"

海童摇头，继而点头。

"不想当冠军啦？"

海童抬起头，盯着于教练的眼睛看了一秒钟，他的眼神令他难过。

10. 深度

"好吧……好吧……"于教练拍拍海童的肩膀,"你属于大海。"他望一眼已与夜色融为一体的大海,沮丧地垂下自信的头颅,后退几步,钻入他破旧的吉普车里。

海童仍旧站在原地,目送于教练的吉普车载着悲伤远去。

"你怎么啦?"看到海童泪光盈盈的双眼,姜之悦问道,"于教练找到你啦?"

海童点头,泪珠滚滚而下。

"宝贝……"姜之悦张开手臂,将海童揽入怀中。

海童纹丝不动,任泪珠滴落到母亲的头发上。

半躺在沙发上追韩剧的海心冷冷地看了这母子俩一眼,目光又回到那做作得令人肉麻的剧情里,她嘴角嘲讽的弧度显得愈发肆意。

回到房间,海童将他所有的奖杯和金牌统统收起,藏于床下。不看到它们,他便不会想起游泳池和于教练。

丛志问姜之悦:"为什么咱们的孩子都这么胸无大志?"

"你胸有大志吗?"姜之悦反问道。

"有,我想挣大钱。"

"你还想当大官。"

丛志不满地看了姜之悦一眼。

"海心喜欢远方,海童喜欢大海,我觉得这比什么胸有大志要有意义。"

"远方?大海?这些能给他们带来什么?"

"带来自由。"

"自由?哼,没有金钱和权力,你能得到什么自由?"

"没错,金钱和权力的奴隶不需要自由。"

为避免和丛志的争吵升级,姜之悦躲到了海心的房间。这里又成了她的书房，海心已经去了云南。

她翻开许寓教授的书，丛志留给她的郁闷马上烟消云散。丛志很难再成她的心理威胁，她可以随时就将思绪转向许寓教授那里，从而轻易把丛志忘记。好在不管她有多久不理睬丛志，丛志都不会觉得这是冷战。从前，只有她受不了冷战，倘若丛志对她的争吵报以缄默，她就会被激怒，甚而可能歇斯底里。如今，她再也不会了。她自由了。

姜之悦同样不是个胸有大志的人，她以为这大概是与自己的才能不足有关吧。在好多方面，丛志确实比她更有才能，所以他是个胸有大志的人。但是，在海童身上，她看到的却又是一个反例。海童有足够的才能，可他胸中就是没有相应的大志。

高考再次让海童暴露出他的胸无大志。他的分数果然不负众望，全年级第二名，班主任建议他冲一冲北大或清华，而海童却只想上母亲任教的这所大学。班主任急了，给姜之悦打来电话，要她好好劝劝海童，怎么也得上个北京的"985"大学吧。

海童说，北京没有大海。

姜之悦说："你随时都可以回来呀，北京离滨城没有多远的距离。"

海童不停摇摆着左手。他说，我不喜欢北京，我就在滨城，哪里也不去。

"没出息的东西！"丛志将手里的一支香烟捏得粉碎。

海童面无表情，像没听见父亲的话似的，起身去卫生间换好泳装，拿上浴巾，走出屋去。

姜之悦没有丛志那么愤怒，但却也有一种莫名的遗憾，虽说她自知这种遗憾多少跟自己的虚荣或者贪婪息息相关。要想用理智全然战胜本性里的某些东西，可能需要一生的时间。

他们本该为海童用十二年辛苦换得的耀眼成绩开心满足，可结果却是枯坐在这里闷闷不乐。何必呢？这对海童也不公平。姜之悦走到窗前，伸出头

10. 深度

去，望着海童骑在电动车上离去的背影，高喊一声"海童——"

海童停下，回过头来。

"早点回来，宝贝，我们要为你庆祝一下。"她冲海童招着手。

海童也朝她招了招手。

"这次可不能再由着这家伙吧？"丛志道。

"什么由着？你当然得尊重孩子的选择。"

"海心选择云南，你不是也不愿意吗？"

"那不一样，我担心她是因为厌恶我们才选择了云南。"

"我们得为孩子的前途负责，海童要是上了北大，指定比上你们学校更有前途。"

"难道北大的学生都比我们学校的学生更有前途？再说，海童选择我们学校也没错，我们有他想上的海洋学院，北大可没有。"

"不一定非要上海洋学院吧？"

"这是海童的兴趣所在。"

"兴趣有那么重要吗？"

"有，兴趣决定思想，思想决定命运。"

"……我算是明白啦，这俩孩子都受你影响太深，半点进取心都没有。"

"我们家有你进取就足够啦，都等着你挣大钱哪。"说完，姜之悦去了厨房，她要为海童准备一顿丰盛的菜肴。

丛志无话再说，公司最近两个月运营不顺，薪水减了不少。姜之悦为此倒是没有过什么抱怨，但她刚才的话里却让他听出似乎有几分讥讽。

生意不好，出差的机会也就随之减少，可在家里多待上十分钟，丛志浑身都感到不自在，他已经习惯了奔波的生活。下楼去抽烟的时候，丛志漫无目的地走出了小区，走到那条新修的公路上，又下意识地向海边走去。他有好多年没见过大海了，他不明白海童为什么就如此痴迷大海。

海滩上只有三两个人，并且没有人下海。他东张西望，始终没能发现海童的踪迹。这片海他是相当熟悉的，现在却备觉陌生，恍如一夜之间，岸上就冒出了这么多的高楼。他走下栈道，来到水边，一波海浪朝他涌来，他急忙向后闪躲。不用手试，仅凭这扑面的凉气，便可知晓这水的温度了。海童这孩子怎么会不觉得冷呢？

鱼儿会觉得冷吗？海童不会问鱼儿这个问题。鱼儿想不起海水的存在，也想不起温度的存在，海童一旦沉入海水，同样也会忘记温度的存在，有时甚至忘记海水的存在。就像窒息并不使其想起空气，只是使其想起自己遗忘了如何跟鱼儿一样呼吸。

是陆地背叛了海洋，不是海洋抛弃了陆地，栖存于陆地之上的人类正是由此忘却了海洋的恩惠，继而恒久迷失于陆地裸露的浅表。海童在鲸鱼和海豚的身上洞见了人类的前世，那前世就在海的深处，注定被陆地上的引力重重困阻。无限深远的隐秘向海童释放着回声，吸引他返归那里，复活祖先的历史。

身下，是一颗颗蓝色的海星，镶嵌于大片云朵一般的裙带菜上，这是陆地上不可能有的活着的夜空。他从这夜空中划过，同样是一颗活着的彗星，照亮晦涩的深度，使自身溶解于海水的重量。我是海童，我是鱼儿，我是大海，我是连接陆地、海洋和天空的道路。

海童喜欢寂静，喜欢幽暗，喜欢孤独，唯有大海可以容纳他的寂静、幽暗以及孤独，并使其无限延展，穷尽时间之外的领地。海童的丰富无人可及。然而在集体里，海童永远是格格不入的。母亲一直以为，等他长大了，自然就能够学会同他人相处，金安熙只不过就是这样一个开端。可这么多年都过去了，海童仍旧停留于他的开端处驻足不前。

这对缄默的朋友间会有真正的交流吗？姜之悦一想象起他们的交流，周遭的现实便即刻离她远去。现实在海童那里被液化了，进而蒸发出缥缈不定

10. 深度　151

的雨雾。丛志埋怨她影响了孩子们,她则想说,是海童影响了他的母亲。而今,她只有在见到或者想到许寓教授的时候,现实才会重新恢复它固有的质感。

秋天的海面上没有了热闹人群的行踪,但海童一如既往地活跃在下面。金安熙在靖水湾没有找到海童的电动车,便直奔金滩浴场而来。在一条倒扣于沙滩上的小木船旁边,他发现了海童的衣物。金安熙坐在船底上,认真地瞩望着褐岛那个方向。一直等到海平线模糊一团,他才从口袋里掏出那张便笺,用一块鹅卵石压在海童的衣服上。便签上写有他的通信地址,明天他就要去大学报到了,他的大学在沈阳。

大学对于海童几乎没有什么新鲜感,这个校园他已经来过太多次,只有新同学们给了他些许新鲜感。不过,这种新鲜感并不具有足够的吸引力,大海中一朵漫不经心的浪花就可将其淹没。

姜之悦建议海童住校,海童不肯,她也就不再坚持。她设想,要是海童真去北京上了学,家里只剩下她一个人,这空落落的滋味真可能是她一时难以消受的。现在,每天都能见到海童,她的生活俨然没有发生什么变化,一切照旧在既定的轨道上运行。她始终喜欢熟悉的东西。尽管也明白不该对孩子有情感上的依赖,可海童坚定的抉择还是让她感到了莫大的欣慰。

但,变化终究是有的。海童在家里住了不满一个学期,便拿上铺盖搬出去了。他在学校食堂的信息墙上偶然瞥见一条招聘启事,靖水湾海洋牧场需要一名兼职看海人。他当即决定去当这名看海人。

他没打电话,骑上电动车直接去了靖水湾,找到牧场主,将自己的简历呈给他。

"你是游泳冠军?"牧场主上下打量着他,"好厉害呀,就你啦。"

牧场主领着海童走到一个僻静的岬角处,指着面前的海域,说:"主要看护的就是这片海参池,要防止有人靠近,海参值钱得很。具体的事情,一会儿让老毕交代你。"他又指指岬角东边人工堤坝上的一个海草房,"走,咱们去那儿。"

海草房的门开着,屋里有两张床,牧场主说:"你睡这张空床。"他随手将另一张床上的被单扯扯平整,"这个老毕,一点都不讲究。"

一条黑白相间的牧羊犬跑了进来,围着牧场主兴奋地打转。牧场主拍拍它的脑门:"好啊,黑客。"他回过头去,一个满脸胡碴儿、面色黑红的中年男子正走进屋来。中年男子摘下草帽,露出一头长长的灰发。

"这就是老毕,"牧场主说,"有啥事你就问他。这是大学生小丛,游泳冠军,我给你招来的一个帮手。"

老毕握了一下海童的手,很是用力,像要试探一下这个大学生的力气:"欢迎你,大学生。"

海童腼腆地笑笑。

"小丛好像不爱说话,到现在我还没听他说一个字哪。"

"你在大学里学的啥专业?"老毕故意问道。

"……海、洋。"海童的声音恰似从遥远的地方传来,经由他的唇齿化作一缕气息。

"海洋?"老毕摇摇头,脸上闪过一丝苦笑。

"你什么时候可以过来?"牧场主问海童。

"今、晚。"海童说。

海童回家找母亲要被褥,说他要去靖水湾的海洋牧场看海。

姜之悦不解:"我们不需要你打工,你才大一,应当把精力放在学习上才是。"

海童没作解释,他只是喜欢看海这个工作而已。想到今晚能睡在海边的海草房里,躺在床上可以听见阵阵海涛呢喃,海童不由得轻哼起一首歌曲。

姜之悦觉得好生奇怪,这声音是从哪里传来的?静听少顷,好像来自海

10. 深度　153

童的房间。她悄悄走过去，果然是从海童的房间里传出的。她在海童房间门口停住，脚下的木地板"吱嘎"一声，屋里的哼唱随即戛然而止。姜之悦的嘴角向上扬起，蹑手蹑脚退回书房。

老毕说："你这被子太薄，马上天就该冷了，这里可没有暖气。"

海童点点头，不以为意，再冷也不会比海里冷吧。

"来喝两杯。"老毕举起酒瓶朝海童晃晃。

海童摆摆手，走了出去。

他察看着海边的地形，岬角位于褐岛北面，以后他可以在岬角的另一侧潜水，据他目测，那里最浅处至少也有二十来米。

只要没课，海童就到牧场来，拿着一本书，沿着海参池走来走去。老毕总想跟他说话，他只好躲着老毕走。回到海草房里的时候，老毕才有机会跟他说上几句。

"一天到晚没个人说话，我只能跟黑客说，现在你来了，还是跟黑客差不多。"老毕说。

海童看看黑客，黑客水汪汪的眼睛像是会说话。

"我在这该死的海上当了三十年船员，如今还要与它为伴，等我死后，一定要离它远点。"老毕又说。

当了三十年船员？海童不禁感到好奇，很想知道三十年海上的生活是一种怎样的体验？他等着老毕再说下去，老毕却向他炫耀起西班牙语。他去过无数次南美洲，会说许多西班牙语单词。

海童戴上泳帽和泳镜，推开门。

"你不是要下海吧？"老毕问道。

海童点点头。

"这里的水可深着哪，我跟你说，不是游泳池，也不是海水浴场。"

海童又点点头，将门关上。

"你不怕冷啊？"老毕追了出来。

海童朝岬角走去，黑客追上去，绕着海童转了两圈，又跑回到老毕身边。

老毕一直望着海童走到岬角的顶端，一个小红点漂浮在平静的瓦蓝海面上，旋即消失，老毕的心脏立刻悬了起来，不由自主地往前走了几步。这个大学生的举止真有些奇怪，他怀疑他的脑袋是不是有点问题。

那个小红点迟迟没再出现，老毕瞪直着眼睛在海面上四处搜寻。黑客仿佛也嗅察到了危险，一个劲冲着大海狂吠。

完啦！老毕感觉至少有十分钟过去了。他匆匆换上捞海参时的那身行头，向海里奔去。

老毕刚到岬角的尽头，正要往海里跳，海童便从十米开外的地方冒出头，朝他这边游过来。

"你他妈的差点吓死我！"

海童从水里站起身，爬上岩礁。看见老毕穿的这套鼓鼓囊囊的潜水服，他觉得好不滑稽，忍不住笑出了声。

"你还笑得出来？"

海童披上浴巾，捡起衣服，摸摸黑客的头，从老毕身旁走过去。

"看来你真是个游泳冠军，"老毕跟在海童身后，"可是……你怎么能在水下潜这么长时间呢？你真在水下待了这么长时间？我是不是看错了？"

海童止住脚步，回头对老毕说，你没看错。

"你说什么？"

海童这回发出了声音："你、没、看、错。"

"那你在水下待了有差不多一刻钟吧，正常人是根本做不到的。"

海童说："海、里、没、有、时、间。"

老毕没明白海童说的是什么意思，他望着海童宽阔的后背，嘟哝道："看

10. 深度　155

来你不是个正常人。"

老毕靠在床头,点着香烟,正从刚刚经历的一场虚惊中恢复过来。

海童在卫生间里冲洗完身体,将他床边的窗户敞开。

"开窗干吗?你还热呀?"

海童盯着老毕手中的香烟,一只手在鼻子前扇了两下。

"噢,嫌弃烟味呀。"老毕猛吸两口,把剩下四分之一的香烟捻灭在烟灰缸里。

见海童在往他的水杯里撒白色颗粒,老毕问:"那是糖吗?"

海童摇头。

"糖对健康没什么好处。"

"盐。"

"盐?你加盐干什么?盐对健康更没好处。"

"我、要、咸……海、水、的、味、道。"

"噢,我的口味也很重。可是,盐吃多了并不好。我不喜欢咸,但已经习惯了。"

"血、汗、泪……都、咸。"

"什么意思?"

海童没有回答,坐到桌前,翻开自己的书本。

"这是你在大学里学到的?"

"大、海。"

"大海?"老毕寻思着,自己跟大海打了几十年的交道,都从它那儿学到了些什么呢?

"毕、老、师……"海童轻声唤道。

"你是在跟我说话?"老毕坐直了身子。

"这、里、有、鲨、鱼、吗?"

"有，但很少。我碰到过几次，个头都不大。"老毕又靠回床头，"嗨，听你说话，得竖起耳朵来。"

海童点点头。看来，他刚才潜水时遇见的应该就是一条鲨鱼了。那条鲨鱼的个头的确不算大，也就一米来长。起初，他还以为是海豚，正想向它游去，它却主动朝他游过来。那两排尖尖的牙齿惊到了海童，闪着不怀好意的白光。海童只顾向上逃跑，没想起来随身携带的瑞士军刀。

海童望向窗外的海，似乎看见那条鲨鱼正在海面上逡巡。因为这条鲨鱼，海童的水下世界里有了阴影。

忽然，黑客一阵大叫，老毕走出去看个究竟，海童也跟了出去。海参池边站着个人。

"走开！"老毕挥手高喊。

那人朝他们这边走了过来。

"没看见牌子上的字吗？"

"看见啦，我有要事和你们相商。"来人的双手一直保持着作揖的姿势。

看到他鼻梁上架着的那副随时可能脱落下来的眼镜，海童觉得有些面熟，像他小学时的某位老师，但是没有教过他。

"有何要事？"老毕问道。

"是这样的，两位老板，我老婆刚做完化疗，医生要我给她吃些海参补补身体。"

"我们这里不卖海参，你去海货市场吧。"

"我去过了，那里的海参太贵，而且质量也不敢保证，所以我就找到了你们这里。还请两位老板帮帮忙，救救我老婆。"说完，他深鞠一躬，头都快要挨到了地面上。

"可我们这里的海参哪能随便捞啊？再说这也不是捞海参的季节。这样，你去找我们牧场主丁老板吧，看他愿不愿意卖给你？"

10. 深度

"丁老板在哪里？"

"你、明、天、来，"海童不等老毕回答，抢先说道，"我、给、你。"

"太好啦，太感谢啦，那我明天再来。"

"你有海参？"老毕问。

海童指指岬角尽头的大海："那、有。"

老毕以为海童是在开玩笑，摇摇头，道："你可不能打海参池的主意啊，要是让丁老板知道了……"

海童知道那里有海参，是纯正的野生海参，若不是忌于那条鲨鱼可能还没走远，他现在就下去给那人捕捞了。

那人第二天一大早就来了，拎着两塑料袋水果。海童还在学校上课，他便坐在海草房门口等。老毕让他进屋里坐，他始终不肯。老毕递烟给他，他刚要接，又猛地顿住，摆摆手，道："戒啦。"

"干吗戒啦？"

"抽不起啦。"

"你干什么工作的？"

"小学老师。"

"抽一支吧。"老毕再次将香烟递给他。

"谢谢老哥，真不抽啦。"

直到中午，海童还没有回来。老毕出去吃饭，那人仍旧坐在门口等。午饭后，海童回来了。看见那人，他点下头，进屋换好衣服，拿上一个扎了孔的塑料袋。

"你这样不会冻感冒吗？"那人吃惊地瞪着海童赤裸的身躯。

海童向岬角走去，那人紧跟在海童身后。

走到岬角尽头，海童做了几下热身动作，摸摸兜里的瑞士军刀，纵身跃入大海。

那人紧张地注视着海面，时间快得让他听出了不祥的声音。他双手捂住胸口，暗暗祈祷平安无事。十分钟过去了，海童还没露头，他不免有些困惑，环顾四周，怀疑自己是在梦里，或者是出现了幻觉，他的脑子里全是又黑又大满身带刺的海参。

重新出现在岬角侧面的海童中止了他的胡思乱想，他跑过去，伸出手，要拉海童一把。海童只是把手里的塑料袋递给了他，满满一袋又黑又大满身带刺的海参。它们刚才还躺在海下软软的沙地上安眠。

"这些得多少钱？"说到"钱"字，他的声音突然哽咽。这些漂亮的海参令他欣喜，令他为难。

"没、有、钱。"

"我给你钱。"他从口袋里掏出钱包。

"不、要。"海童推开他的手。

"那等吃完了，我还能来找你吗？"

"好。"海童朝屋里跑去。

老毕走过来，看看那人提在手里的海参，叮嘱道："别让人看见，要不以为你是从这里偷的哪。"

"那么好的海参你就这样白送给他啦？"老毕走进屋，敲敲卫生间的门。

卫生间里只有"哗哗"的流水声。

"这野生海参可贵了去啦，找他要两千块钱都是便宜他。哎，我说，大学生，你有这挣钱的本事，还在这看什么海呀，直接去捞海参卖不就得啦。"

老毕不可思议地晃晃脑袋，走出屋，瞅着岬角尽头的那片海愣了好久。这里的野生海参肯定不少，那小子一会儿工夫就弄了一塑料袋，哪天他也要下去碰碰运气。

10. 深度

11．霍珀

　　大学的第一个寒假，海心没有回家，说要在一家房地产公司实习。这也是海心第一次不跟家人在一起过年。姜之悦觉得，这孩子恐怕以后永远不想回来了；发了一阵子呆，她给海心写了封长信，说自己很想念她，希望她能回心转意。

　　海心没把信看完，是没有勇气看完。过了三天，她才用手机短信给母亲简单回复一句，说暑假一定回去。

　　母亲问她，房地产公司春节不放假吗？海心说她需要值班。

　　姜之悦知道海心是在敷衍，但也只能随她的意了。她可以决定自己做什么，没法决定海心做什么。当然，她也从不想为海心决定什么。她只要知道自己是真正关心海心的，这就足够了。她相信，总有一天海心会明白，她是关心她的，是爱她的。

　　春节时的海心的确是在公司里值班，她把所有同事该值的班都给替了。为此，同事们都叫她吉祥物。他们把值班费给她，海心不要，他们便轮流请她吃饭。吃了整整两个月的免费晚餐，海心一下子胖了十斤。

海心学的是工艺美术设计，来公司应聘的是文案策划，见做销售更赚钱，便同时替公司卖起了房子。她的第一桶金来自一栋别墅。

　　那天晚上，海心在公司里加班，最后一个离开。一个穿着烟灰色大褂和黑色布鞋、扎着小辫子的男人走了进来。

　　海心问他找谁？他说想看看房子。

　　海心犹豫了一下，还是把刚关掉的灯重新一一打开，领他到负一层去看了沙盘。

　　出于职业习惯，海心递给他一张自己的名片。他双手接过，喊了她一声"丛女士"，然后说自己叫谭大卫，没有名片。

　　尽管这个谭大卫看上去不像来买房的，但海心仍像平时一样将楼盘及其周边环境为他详尽介绍了一番。介绍完毕，谭大卫表示想实地看看独栋别墅。

　　海心瞧瞧窗外，道："天都这么黑了，你真想看呀？"

　　"看看夜间效果，也挺好。"他说。

　　"……那咱们走吧。"海心想想，决定还是叫上一个保安跟着，她觉得这个道士模样的男人有图谋不轨的意思。

　　保安开着电动观光车将他们送到独栋别墅的样板间。

　　谭大卫看得倒挺认真，海心无奈，只好继续伪装着自己的耐心。

　　"这些画是谁画的？"他指着挂在二楼走廊墙上的油画问道。

　　"我。"

　　"你？"

　　"是的。"

　　这是海心创作的《男孩和海》系列。公司装饰样板间，想购进一批油画，海心正愁自己的这些画没地方放，便把它们廉价卖给了公司。

　　"你喜欢霍珀的画吧？爱德华·霍珀。"

　　"你竟然知道霍珀？"话一出口，海心就知道了不妥，紧忙道歉："啊……

11. 霍珀

对不起，我不是这个意思……"

"没关系。"谭大卫一笑，露出一口漂亮的牙齿，牙齿的光芒照亮了他的脸庞。海心忽然发现，这是一个相当英俊的道士，像他喜欢的英国影星鲁珀特·艾沃瑞特。

"你的眼光好犀利呀。"海心说，"我确实很喜欢霍珀的作品，他的画总让我想起我的弟弟。我这些画里的男孩就是我记忆中的弟弟，他对大海特别地着迷，几乎每天都要待在大海里。"

"从这些画里我能听见霍珀的回声，不过，丛女士，你有自己的色彩语言。你的大海和灯塔完全不同于霍珀那个世界里的，它们更孤独、沉静，诉说着午夜的梦呓……"

"谭……老师……？"海心愣愣地看着谭大卫，感觉这像是从天上掉下来的一个人，恰好落到了她的面前。

"请叫我大卫好啦，咱们是同行，我也是画家。"

"我可不敢当，我根本算不上什么画家，你更别拿我和霍珀相提并论。"

"这些画能证明你就是个优秀的画家，当然，你还需要成长。"

"以后还请谭老师多多指教。"

"欢迎多多交流。"谭大卫望着海心的眼神里蓦然闪过一丝羞赧。他一边走下楼梯，一边问道："这个样板间出售吗？"

"出售的。"

"包括墙上的那些画吗？"

"这个我得请示一下我们销售总监，估计不是问题。"有行家喜欢她的画，她很开心。

"售价呢？"

"五百六十万。"

"五百六十万……"

"如果你真要买，还可以再优惠一些。"

"优惠多少？"

"这个得跟我们销售总监谈。"

"好的，那明天上午我再过来。"

保安这时走了进来，估计是在外面等得不耐烦了。

"你还没吃晚饭吧？"谭大卫问海心。

"没有。"

"那就请赏光一起吃吧？"

"……好吧，我请你。"海心心想，为了这套别墅，一顿晚餐的代价也是必要的。

"不，耽误你这么久的时间，理当我请。"

"这是我的工作，谭老师。"

"大卫。"

"嗯，谭老师。"

"大卫。"

"好，大卫。"

保安将他们送到路口，海心拦下一辆出租。谭大卫打开后车门，请海心坐进去，自己则坐到了副驾的座位上。

"请带我去这里最好吃的饭店。"谭大卫对司机说。

"最好吃的饭店？"司机有些犯难。

"谭老……"海心紧忙吞掉后面那个字，"您想吃什么菜？"

"有当地特色的、好吃的就行，不，我应该问你想吃什么？"谭大卫回过头来，"今天是我请你。"

海心想到他们校门口的那些小吃店，但是简陋的环境好像又不适合他这种买别墅的人。

11. 霍珀

"我们这里最有名的饭店是望云楼。"司机说。

"那就望云楼,好不好?丛女士。"

"望云楼……是不是太高档啦?"海心听说过望云楼,但从未想过要去那里吃饭。

"丛女士难道不高档吗?走,就去望云楼。"

金碧辉煌的望云楼大堂里美女如云,不像饭店,倒像是个选美赛场。置身于此,海心的自信立马支离破碎,她仓皇找个角落里的隔间躲了进去。

谭大卫要海心点菜,菜价却让海心胆怯,她点完一个最便宜的素菜,便如释重负地把菜谱还给了谭大卫。

"我晚饭其实是可以不吃的。"海心强调道。

"你不需要减肥吧。"

"我超重了。"

"中国的女孩子都嫌自己不够瘦。"

谭大卫要了瓶红酒,海心尝一口,露出痛苦的表情。

"不习惯,就不要喝了,我给你要杯酸奶好吗?"

"不要,我想锻炼一下。"

"也好,人生不能没有沉醉的时刻。"

勉强喝下去两口,海心的头便开始发晕,她不敢再喝。

谭大卫一杯接着一杯,面不改色,话却明显多了起来。得知海心是个大一的学生,他的嘴巴一下张得老大:"那你才多大呀?"

"刚满十九岁。"海心也不明白自己干吗要说实话,往常,她从不暴露自己的真实身份,并一律对外自称二十五岁。

"上帝,我以为你……"

"我长得很显老吧?"海心用手掌遮住自己的脸颊。

"你显得很成熟,很性感。"

"我知道我长得很老，因为我的心很老。"

"哈哈，小丛同学这是要为赋新词强说愁吗？"谭大卫不停摇晃着脑袋，"我还不觉得自己老哪。"

"你并不老。"

"我都四十二岁啦。"

"比我爸小五岁。"

"我对年龄没什么概念，我只用成熟和不成熟来判断人。"

"那你看我是个成熟的人吗？"

"你介于成熟和不成熟之间。"

也许是因为意识到了彼此年龄上的差距，谭大卫跟海心说话的口气开始明显发生变化，流露出长者的态度，并改口叫她"小丛"。然而，海心并不喜欢他这样的转变。她默默抗拒着对方随时表现出来的长者姿态，想让他认识到，这是一个男人和一个女人之间的交流。她对长者没有兴趣，她只对男人有兴趣——不是她男同学们那样的小男人，而是谭大卫这样的老男人。

虽然这学期旷下的课次已经触碰到红线，但为了卖掉一栋别墅，海心还是决定不顾一切，接着把上午的课全旷了。令她欣慰的是，谭大卫没有辜负她的不顾一切，来到售楼处后，仅在半个小时内就谈妥付清了全款。

这个谭大卫实在是太帅了，她真想痛吻他一下；不到一天的工夫，就让她赚了三十万，挣钱有时就是这么容易。当然，首先你得有遇见谭大卫的幸运。这个谭大卫真是她的吉祥物啊。

谭大卫送给了她一本书，是他的艺术评论集，里面收有两篇评论霍珀的文章。可惜都是英文，海心根本看不懂。

"为了这本书，我一定要好好学习英语。"海心向谭大卫保证。

海心说到做到，当天下午就跑去外语学院蹭课了。此后，海心总是出没于外语学院，艺术学院就更难见到她的身影了，就连她过去常去的画室都不

11. 霍珀

再去了。接着，海心索性在学校附近租了一套两居室，为了更好地画画。

谭大卫让海心认识到了自己的价值，她以为，他之所以能那么痛快地买下那栋别墅，应该跟自己的那几幅画有着相当大的关系。至少，它们让他对这栋房子萌生了好感。她吃力地啃读着谭大卫关于霍珀的评论，梦想能成为像谭大卫那样的画家，尽管她压根还没看过他任何一幅画作。因为谭大卫，海心的人生目标在刹那间变得清晰而坚定了起来。

谭大卫已经回到美国，他跟海心说，自己以后每年都会来这里住上一段时间。谭大卫出生在云南，有八分之一爱尔兰血统，在美国读的大学，现在定居纽约。海心对谭大卫全部的了解就是这些。

从外形上看，能看出谭大卫不像一个地道的中国人，从谈吐上看，谭大卫又像是一个地道的中国人。他的普通话说得比海心还要标准，而且从来不夹带英文。

海心并不清楚谭大卫的真实生活是怎样的，却已认真羡慕起他作为一个画家的生活。不过她也有自知之明，自己就是一个实用美术专业的专科生，要打算吃专业画家这碗饭，想必不会活得有谭大卫这么潇洒。然而，她毕竟还很年轻，她的可能是无限的。她要用想象创造一切可能。

她在十九岁时就赚了三十万，试问，哪个十九岁的女孩会创造出这样的可能？

夏季是卖房的好时机，海心不想错过，但又答应了母亲要回家，于是只好往后一拖再拖。直到最后一套双拼别墅被别的同事卖掉，海心才断了念想，买上回滨城的机票。此时距离开学还剩下不到半个月的时间。

丛志和姜之悦开车去接机，公司最近给丛志配了一辆二手车。他们在出口处看见一个浓妆艳抹的时尚女子径直朝他们走来，他们以为她是要向他们打听什么，可对方一张口，把他们吓了一大跳。两人花了五六秒钟才反应过来。

"你这打扮……也太成人化了吧。"丛志说。

"我不就是成人吗？"海心道。

"欢迎回家。"姜之悦拍拍海心的肩膀，接过她手中的拉杆箱。

坐到车上，姜之悦心不在焉地询问着海心学校里的一些事情，脑子里则正琢磨着她手里的LV皮包和臂腕处的薰衣草文身。

"这是真品吗？"姜之悦摸了摸海心手里的包。

"当然啦。"

"很贵吧？"

"不便宜。"

"我们每月给你的生活费够花吗？"

"买这个包肯定不够。"

"我们给你的是生活费，可不是让你买奢侈品的。"丛志尽量克制的语气里还是流露出些许不满的情绪。

"你放心好啦，我是用自己挣的钱买的。"

"你从哪儿能这么多钱？"

"你放心好啦，反正是光明正大挣来的。"

姜之悦欲言又止，有些话，她不想当着丛志的面说。

海心撩下车窗，让风把沉默吹散。

"走海滨路吧。"姜之悦说。

车子拐向海滨路，碧蓝的海在尽头打开，将雪白的海鸥放飞出来。

姜之悦指着前方一片海湾，说："海童现在经常在这里潜水。"

海心的目光从手机上收起，朝车窗外扫了一眼，又回到手机上。

"估计海童也认不出你啦。"姜之悦说。

不然，一见到海心，海童便笑着喊了一声"姐、姐"。

这是海心第一次听见海童叫她姐姐，而且叫出了声音，奶声奶气的，像

11. 霍珀

个刚会说话的婴孩。若不是他有这么高大、唇上长出一层淡淡的胡髭,海心真想一把将他搂进怀里。她和这个弟弟之间的身体距离从未像今天这么近过,真正的近。

她抬起了手,又放下,道:"你又长高了,海童。"

海童满脸羞红,低下头,回到自己的屋里。

海心开始后悔,应该给海童捎件礼物。

"喵——"的一声转移了海心的注意力,海心看见弃儿大摇大摆地从她面前走过。

"弃儿,快过来。"海心蹲下,朝它伸出双手。

弃儿回头看了她一眼,无动于衷地钻进沙发底下,再也不肯出来。

"这个没良心的。"海心装作生气的样子,在地板上跺了两下。

一旁,姜之悦静静观察着海心的一举一动,似乎是想鉴别出这到底是不是一个冒牌的海心?她所熟悉的那个海心在这个海心的身上几乎找不见了,仅剩下略显沙哑的嗓音尚有一丝熟悉,但那腔调同样是变了味的,乡音已荡然无存。

海心不再像这个家庭里的一员,更像是这个家庭里的一个客人,对谁说话都格外客气,以至于姜之悦跟她说话有时也不得不赔着几分客气。

终于,在海心即将返校的前一天,姜之悦等到了时机,把一直压抑在心里的话说了出来:"海心,我觉得那个包包和你的学生身份不太合适……"

"我知道,"海心没等母亲把话说完,"我在学校从不用它。"

"还有你的衣服、化妆品……我觉得也有点过了。别忘了,你还是个学生。"

"妈?"

"什么?"姜之悦一愣,发现海心的脸色忽然暗淡下来。

"以后你不用给我生活费了,学费也不用了。"

"这怎么行？"

"我已经完全有能力养活我自己，不需要再花你们的钱啦。"

"不行，你目前的任务就是学习，不是赚钱，你务必要明白这一点。"

"那个学校也没有多少可学习的东西，我只想画画。"

姜之悦不知再说什么好，看见海心整日手里攥着一本英文著作，她也不能相信她是个不学无术的混混。再说，相信孩子本就是姜之悦一直以来的信条，她不想让海心觉得她是不信任她的。

"妈妈相信你，宝贝，你知道什么是该做的，什么是不该做的，走你自己的路吧。不过，生活费和学费我们还是要给的。只要需要钱，你就尽管说。"

"谢谢妈妈。"

到了嘴边的"不客气"被姜之悦咽下，她不愿意和女儿这么客气，目光像一声叹息跌落于海心臂腕处的那两棵薰衣草上。

海心不自觉地用手将文身挡住，她清楚自己的学习状况肯定不会令父母满意，但是，她的学习状况什么时候又令父母满意过呢？因此，这方面也就谈不上让他们失望的问题。海心不想再花父母的钱，只是不想再接受他们的控制，也不必再为他们承诺什么。

大二下半学期，因为多次旷课和三门以上的连续挂科，海心被学校开除了。接到这个通知，海心一点没觉得惊讶，她早预感到自己是不能顺利从这所学校毕业的。学校想让她学的东西，她大多都不感兴趣，认为那就是浪费生命。她甚至认为，取得这个学校的毕业证书简直就是一件耻辱的事情。所以，海心倒觉得自己是解脱了。只要不让父母知道就无所谓的，不是怕父母生她的气，是不想让他们因为她而难过。

当务之急是找个相对稳定的工作，海心兼职的这家房地产公司开发的楼盘均已售罄，但她所在的这个楼盘的销售总监要继续留下当物业公司的经理，于是海心便近水楼台地被聘入这个物业公司做了管家。

11. 霍珀

海心喜欢这里的环境，依山傍水，其中有十几位业主都是画家，尤其是有谭大卫这样的画家。读完谭大卫的书，海心更想欣赏一下他的画。每次从他的房门口路过，海心都要注意一下他家的窗户有没有打开，以便确认谭大卫是否回来。

当了一个冬天的管家，海心也没看到谭大卫把窗户打开。就在冬天临近结束的时候，物业公司接到谭大卫的电话，说他下周要回来住上半年，请他们安排保洁提前帮他打扫一下房间。

于是，海心拿上钥匙，带着保洁来到谭大卫的别墅。房间里的陈设看上去好不亲切，她曾领着客户一次次来过这里。

走上二楼，过道墙上她那五幅油画却不翼而飞，海心顿时呆住，然后是深深的失落。她忽然十分想念它们，因为它们不明的下落。望着那五处空白的印迹，海心感觉是谭大卫从她心里拿走了什么东西，又随意将它们无情丢弃。可是，谭大卫又做错了什么呢？海心发觉自己此刻的心情真是有些莫名其妙。

其中一名保洁告诉海心已经打扫完毕，海心"噢"了一声，将自己从那空白的想象里拉回到现实。那些画早已不属于她了，她为什么还要如此在乎它们的下落呢？海心弹了一个清脆的响指，就像她得知自己被学校开除时所做的那样，这是她同往事告别的一个小小仪式。

谭大卫回来后，海心看见过他在露台上作画，本想打个招呼，想想又免了。他们现在不过就是工作上的关系，如果没有工作上的需要，这样的打招呼似乎就是一种打扰。

几次从谭大卫的房前经过，海心都看见他在露台上画画，尽管很想知道他画的是什么，她却仍不好意思打扰他。所以，从谭大卫家的门口走过时，海心总是那么纠结，不知道该如何重新开启他们之间的联系。

"是小丛吗？"谭大卫的声音从海心头上传来。

海心立即止住脚步，仰起头："是我，谭老师。"

"大卫。"

"呵呵，大卫。"

"我一直联系不上你，有空进来坐坐吗？"

"好的。"海心扭头小跑几步，上前按响门禁。

"你是不是换电话号码啦？"谭大卫打开门便问道。

"啊……"海心想起她离开学校时是换了电话号码，为了和过去一刀两断。

"咖啡还是茶？"

"都行。"

"那就茶吧，这里的茶比咖啡好喝。"

海心注意到这屋里多了一些东西，书籍、雕塑、画框、高尔夫球杆……书柜上还多出一个像框，里面嵌着一张男孩的照片，有三岁左右的模样。

"又在领客户看房吧？"

"房子早卖完啦。"海心递上自己的新名片。

"哦，物业管家？"谭大卫疑惑地瞧了海心一眼，"你已经大学毕业了吗？"

"我退学了。"海心不想说被开除。

"为什么？"

"我想专心画画。"

"这很好，"谭大卫连连点头，"你应该当画家，而不是管家。"

"可我还不能像你这样，靠画画吃饭。"

"你可以的。"

"嗯，将来一定可以。"

"不，现在就可以。"

海心瞪着谭大卫的眼睛，脸上露出自嘲的笑。

"我把你的画拿到我在纽约的画廊出售了，有人愿意以五万元的价格买下

11. 霍珀　171

它们，你想卖吗？"

"这个不用问我，它们已经不属于我了。"

"我还是想征求一下你的意见，这个价格你能接受吗？"

"有什么不能接受的？当初公司一共才给了我三千块钱。"

"我说的五万是五万美元。"

"五万美元？"海心换算成人民币后，更是惊诧了，"不会吧？你是开玩笑的吧？"

"三千块钱才是开玩笑。"

谭大卫一本正经的表情让海心不得不把他的话当真。"既然有人出这么高的价，那干吗不卖呢？"海心说。

"好吧，那就卖给他，五万美元咱们两个平分。"

"不不，我不要，那些画是你的。"

"这样不可以，我不能像你的公司那样欺负你，我是个画家，知道一幅画作的价值。"

"可要是没有你，它们也就没有这么高的价值。"

"但是你可不能轻易无视自己的价值，否则你画画还有什么意义呢？"

"谢谢你，让我认识到了自己的价值。"

"你让我想起自己年轻的时候，很容易受到迷茫和怀疑的打击，走了不少没有必要的弯路。"

"那是年轻时候的你吗？"海心指着书柜上的照片问道。

"那是我儿子年轻的时候，不过，现在的他仍很年轻，跟你差不多同岁。"

"他现在在做什么？"

"我不知道。"看到海心充满困惑的眼神，谭大卫又解释道："他母亲是法国留学生，我们是在大学校园里认识的，毕业后她回了法国，我们就分手了。后来，她突然把这张相片寄给我，说这是我的儿子，叫保罗。"

"你见过这个儿子吗?"

"没有,他的母亲没想让我见他,我也不想打搅他们。"谭大卫侧头看着保罗的照片,问:"他像我吗?"

"啊……"海心愣怔了一秒钟,"像,特别是眼睛和鼻子。"

"其实,他更像他母亲。"

"你就这一个孩子?"

"是的。"

"和现在的妻子没有孩子?"

"我没有妻子,我不想结婚。我和最近的女友已经分手有差不多一年了。"

"我也不想结婚。"

"好啊,那就嫁给绘画吧。我没有办法忠实于一个女人,但我可以忠实于绘画。"

海心想,她自己大抵也是这样一个人,只是自己向来不太敢于承认而已。要向一个男人承诺什么,她好像也很难做到,但要向自己追求的绘画艺术承诺什么,她应该不难做到。

看一下手机上的时间,没想到已经坐了这么久,海心赶紧起身告辞。

"可以给我当一次模特吗?我想画画你。"谭大卫站在院子里问道。

"可以。"海心未加思索便答应了,她没有不答应的理由,再说她也很想了解谭大卫的创作过程。

"那等你方便时就过来吧,我随时都可以。"

走了几步,海心又回过头来,发现谭大卫仍在院子里站着,他门前的那棵玉兰树已经结满花苞。

回到办公室,海心正盘算着可以在下周轮休时去谭大卫那里,谭大卫忽然就来了电话。他要她给他一个银行账号,说最近会将两万五千美元转给她。

海心直摇头,觉得这钱怎么会来得这么容易?难道他是她传说中的财神?

11. 霍珀　　173

把银行账号从手机上发给谭大卫时，海心仅仅是在完成谭大卫向她发出的一个指令，她并没拿那两万五千美元的事情当真。她依然不觉得这钱是自己该得的。

可在四天后，海心的账户里确实多出了两万五千美元。对于一个女人来说，谭大卫可能是不可靠的，但他做事倒真的是挺可靠的。猛然间，谭大卫的女友们令海心充满了好奇，他一定有过好多的女友，她们都是什么样子的女人？又是如何评价他这个男友的呢？

谭大卫将整个二楼都当成了画室，为了让海心坐得舒适一点，他把三楼卧室里的一个贵妃榻搬了下来，让海心半卧在那里。

画室里有几幅谭大卫的作品，一眼瞥过去，海心首先看到的就是差距，令她那颗一向高傲的心不得不即刻变得谦逊起来。不过，谦逊允诺着她的未来，支持着她继续高傲地一往无前。

海心从不同角度和距离审视着谭大卫的画，她惊奇地发现，他那些从近处看来浅淡清冷的色彩，竟然可以随着距离的增加而愈发浓重热烈。他笔下的海近看就是濒于枯竭的湖泊，远看则有壮阔的波澜。当然，谭大卫的画不仅止于这种视觉上的诡计，它们同时还释放着文学性的信息，那是一种飘乎不定的瞻前顾后的情绪。所有人物都呈回头的姿势，或者说，所有人物的脸都长在了脑后。海心看不出谭大卫的画受过谁的影响，那种色彩和表现是独一无二的，无法用西方或东方的风格来概括。

"我用矿物和植物研制自己的色彩，希望能够找到我想借以表达的语言。"谭大卫站到了海心的背后，海心闻到他身上那股雄性的气息。

海心顿然感觉脸颊燥热，心跳强力冲击着大脑血液的波流，但她仍故作镇静地将目光固定在画布上。

"我不妄想走中西结合的道路，中国画是水，西方画是油，水和油是无法结合到一起的。对我来说，水过于清纯，油过于浮华。我只想超越它们，超越是我的生命，画画是我实现超越的最好方式。"谭大卫在海心的肩上轻拍了一下，"我们开始吧。"

谭大卫沏了一杯红茶放在海心手边，又拿来几本书递给她。"放松点，你可以看看书。"他说。

观察完窗前的光线，谭大卫开始观察海心，海心的眼睛不知往哪里看才好。

"放松点，试着忘记我的存在。"

海心翻开一本厚厚的书，想专心读下去，这样也许容易忘记他的存在。

海心真读了进去，这是杰克逊·波洛克的传记。她在主人公不羁的短暂一生里，推想着谭大卫的人生以及自己的人生。说真的，她更喜欢谭大卫的人生，但她又惧怕平庸，担心在谭大卫的成功里潜伏着平庸的诱惑。她有一种不知从哪儿得来的迷信，成功不该是在人活着的时候所享有的。

"休息一会儿吧，海心，已经两个小时了。"

他把"小丛"换成了"海心"，海心不知道这是不是意味着他们之间的关系正在发生着变化。"时间过得真快。"她放下手中的书，意识到了它的沉重，甩甩发酸的左手。

画布上的她还只是一个轮廓，只有头发是清晰的，浮动着朦胧的暖光。

"我喜欢你的头发，像一朵永远吹不变形的云。"谭大卫说。

海心想起自己的包里有两个橘子，拿出来递给谭大卫一个。谭大卫没有立即剥开，而是放在嘴边闻了闻。

"橘子是一种更适合嗅觉的水果。"他说。

吃完橘子，海心去了趟卫生间，回来时，见谭大卫还站在画架前闻手里的橘子。

"咱们开始吧。"她说。

"我可以摸一下你的额头吗？"

11. 霍珀

"怎么？"

"我想感知一下你的温度，是热的还是凉的？"

海心笑了："死人才是凉的。"

"死人没有温度。"说着，他上前用手背触了触海心的额头，"你比我想象得要热。"

海心继续倚在贵妃榻上，重新拿起那本书。内容实在太冗长了，迫使她不得不跳跃着进行下去："……在画室之外，成功的礼物同样福祸相倚。社会名流的大潮相当厉害，杰克逊根本无法阻挡。他在现实生活里的根基太浅，而在童年时代的需求又太深。在被仰慕者包围，不受批评界的干扰，切断与过去的联系之后，他很快便屈服于那些在他周围打转的逢迎阿谀之中。长年累月的不安全感和自我怀疑烟消云散了，剩下的只有一个被宠坏了的孩子，渴望走到聚光灯下……"

天色明显暗了下来，海心撂下看不完的书，扭头瞧瞧谭大卫那里。谭大卫头也没抬，只是竖起一根手指，道："马上就好。"

过了不到五分钟，谭大卫打开灯，将画架转向海心。

这是两个时空里的海心，窗外的日光呈示着纷乱和喧嚣，贵妃榻上的她则洁净和寂寥。那身体是少妇的，而那半张脸却是少女的，深渊一样的头发释放着沦陷的引力。她半卧于光明的背后，那里的晦暗正在醒来。

"这就是我感受到的海心，"谭大卫说，"单纯而又复杂着。"

"谢谢你，大卫。"她第一次主动称呼他"大卫"。

"这幅画送给你，喜欢吗？"

海心摇摇头。

"不喜欢？"

"不，不只是喜欢。"

海心朝画架走去，看看画布上的自己，又看看谭大卫，谭大卫凝视着她的眼睛里涌生出某种期待和哀伤。

"大卫……"她的声音颤抖着,既像是呼唤,又像是问询。

"海心……"他的声音更轻,近似哽咽。

海心的身体开始摇晃,眼看就要跌到,谭大卫一把将她揽进怀里。海心紧闭双眼,喉咙里发出融化的声音。

谭大卫用嘴巴吸吮着这声音,将海心抱起,走向楼梯。海心不知道他接下来要做什么,但她已经做好了准备,把自己全部交给这个男人,任他处置。

她被轻轻放到宽大的床上,海水将她托起,细浪舔舐着她的裸体。她甘心屈服于这温柔的诱惑,随波逐流,永不沉没。

蓦地,某种礁石一样强硬的东西划破了她的身体,随着一声痛苦的尖叫,灼热的泪水烫伤她的面颊。尖叫声立即中止了他长驱直入的航行,他的脸上现出片刻惶惑和迟疑,力量继而柔和下来,最后索性抛下锚,用唇舌迎迓她愈发酣畅的泪水。

11. 霍珀

12. 怨妇

"姜老师,我发现你自从读了许教授的博士,整个人发生了不小的变化,状态跟以往完全不一样啦。真好!"系主任冲姜之悦竖起一个大拇指。下课时,他们在第一教学楼的走廊里碰到了一起。

听到这话,姜之悦首先感到的不是高兴而是狐疑,是不是自己在无意中表现出了什么能让同事们产生联想的东西?她站在教研室里的穿衣镜前细细打量着自己,似乎,她的脸上多出一种难以掩饰的喜悦,尽管这喜悦是含蓄的,甚至是不免羞涩的。但狐疑并不有损于姜之悦的喜悦,她的喜悦还是要持续的,那便是尽可能多地拥有同许寯教授在一起的时光。反正他们是师生关系,即便形影不离,只要是单纯的师生,又能有什么风影可以捕捉呢?她毫不在乎。她想,同事们也不至于在乎吧,自己的狐疑大体不过是由于自己的敏感和多心罢了。

所以,姜之悦照样和许寯教授一起在学校的餐馆吃饭,一起在学校的咖啡厅喝咖啡,一起在学校幽静的竹林小径上散步,或者一起坐在学校花园的长椅上看云。许寯教授喜欢看滨城的云,他说滨城的云像孩子,顽皮得很,分分秒秒就换一副模样。

姜之悦建议他去看海上的云，说那里的云从早到晚会有更丰富的色调变幻，是画架的调色盘里调不出来的。

许寓教授猛地站起身，道："那么，咱们何不现在就去看海上的云？"

姜之悦看看腕表，说："来不及了，还有十一分钟就该上课了。"

"到海边上课就是。"

"这样行吗？"

"怎么不行？这次课本就是我为自己的博士生开设的，恰好又没有其他学生选。"

姜之悦不再说什么，跟着许寓教授往停车场走去。姜之悦不时窃笑，感觉自己和许寓教授此时就像两个结伴逃课的小学生。小学时代的逃课记忆至今犹新，那是最开心的日子，她和同学们翻过校园的墙头，去庄稼地里偷摘人家的黄瓜和西红柿吃。

"去哪里的海滩？"许寓教授问。

"金滩……不，去远一点的那香湾海滩吧，那里的海滩是新开发的，更美。"姜之悦希望能跟许寓教授去更加遥远的地方。

"好的，不过去那里我得使用导航。"

一个小时后，他们到达那香湾海滩，而他们的课从一上车就算开始了。上堂课，许寓教授为姜之悦确定了博士论文题目，研究中国文学中的怨妇形象问题。在车上，他问及姜之悦课后对这一问题的思考情况。姜之悦谈了谈自己最近对相关作品以及研究文献的搜集，最后，她问许寓教授，《伤逝》里的子君算不算是一个怨妇？

下了车，他们在沙滩边有阴凉的一处椭圆形台阶上坐下。姜之悦见旁边有家小店，便去那里买了两瓶矿泉水回来。

许寓教授接过矿泉水，拧开喝了一口，接着说道："……表面看来，子君

12. 怨妇

的修养不会使其沦落到怨妇的地步，但这仅仅是表面看来。事实上，子君的心里怎么可能不会有怨气产生呢？要看到，她并没有受到丈夫涓生的公平对待。怨即一种不平之气。只是，我们还没有来得及看到子君成为怨妇，她便已经死去。如果没有怨气，我相信子君不会夭亡得如此之快。"

"那子君又该如何主张自己的公平权利呢？"姜之悦问道。

"反抗，但前提是她要深刻认识到自由的价值。否则，她就不可能有主张公平权利的自觉意识。不过，话又说回来，在一个绝对男权的社会里，女性要想主张自我的公平权利是没有那么容易的。因为不受法律的保护，即使她要反抗，也往往只能是蛮横的，甚至被视为无礼的，结果，她可以不是怨妇，但却必然是泼妇。"

"那我在论文中该怎么处理子君这样的形象呢？"

"姜老师，你注意到了子君这一形象，这个思考动机非常可贵，我想大多数人是不会把子君和怨妇联系在一起的。然而，不可否认，子君就是一个潜在的怨妇，我们仅是没有听到她的抱怨而已，她所有的抱怨都隐蔽在了失望的沉默和死亡里。不过，我想提醒你的是，指认子君是怨妇，这并不意味着对于她的贬低，而正是基于对她的同情。如果忽略了子君心中的怨，我们同时也就忽略了她真实的弱势社会地位。还有一点我想要指出的，怨恨这种心理是我们要批判的，但怨妇这种形象却是我们必须同情的，缺乏同情的批判也是缺乏价值的。"

"还有个问题我一直没弄清楚，许老师，怨妇的恨和普通意义上的恨有什么不同吗？"

"当然有，而且是本质上的不同。"许寯教授的眼睛继续凝望着六月的大海，白浪与风的嬉戏一刻也不停息。"怨恨源自弱者的心理，属于失败者的恨，它是压抑性的，带有深深的无力感，甚至包含着对于自我的憎恨。有的恨可能是来自于爱，而怨恨就是纯粹的不满，与爱没有任何关系。也就是说，怨恨不具有创造性,它无法带来公平和正义,因此仅有招致毁灭的可能……"

"这么说来,我也就理解了子君的毁灭。"

许寓教授站起身,走向沙滩,捡起一颗鹅卵石,侧弯着身子朝海水里甩去。鹅卵石挣扎着在水面上露了三次头,最终沉入海底。

风停了,海浪也歇了。海面上空盘踞着一条狭长的乌云,在乌云的上方飘浮着鱼鳞似的朵朵白云,而在乌云和白云的背后,是一层被夕阳染红的朦胧的云雾。

"你说得对,海边的云朵的确有更丰富的色调。"

姜之悦望着他的侧脸,他跟她说话时极少看着她,所以她可以长时间大胆地盯着他看。她一点点向他的身体靠近,直至肩膀碰触到了他的手臂。她有好久没体验过这种身体亲近的幸福感。

夕阳从狭长的乌云里掉落下来,完整地呈现在他们眼前,提示着一个庄严时刻的到来。他们静静倾听着这个时刻,一动不动。海水被映照得殷红,天空上的云朵混合着紫色和蓝色的光晕,将他们两人吞没在这斑斓的色彩里。霎时,他们忘记了来路与归途,忘记了你我和周遭。

"美得崇高!"他赞叹道,声音如由时间深处缓缓传来。

她闭上了眼睛。

"你怎么不说话?"他瞅了她一眼。

她仍然闭着眼睛。"我幸福得不想说话。"她说。

"面对这样的美,谁能无动于衷?"他说,"姜老师,唱支歌吧。"

是啊,此刻的她情愿倾尽所有财富以换得一副动人的歌喉。可惜,生活从未教会她用歌声来表达自己的心灵。

"蓝色的天空像大海一样 / 广阔的大路上尘土飞扬 / 穿森林过海洋来自各方 / 千万个青年人欢聚一堂 / 拉起手唱起歌跳起舞来 / 让我们唱一支友谊之歌……"没能等到她的歌声,他便主动唱了起来。

12. 怨妇

她继续闭着眼睛，沉浸在这浑厚的男中音里，放纵自己随轻盈的旋律消融得不留一丝痕迹。

悠然止息的歌声有如退却的潮水，她的惋惜有如礁石裸露在那里，这惋惜重新复现了她消融的自己。

"这首歌叫什么名字？"她问。

"《青年友谊圆舞曲》，我儿时的旋律。"

她睁开了眼睛，夕阳已经消隐于大海的尽头，她多么希望他们就是两个无家可归的孩子。

但家，终归还是要回的，虽然各自的家里并无等待着他们的人。许寓教授的儿子在美国读研究生，妻子则在驻美使馆工作。至于她的家人，如今也都不再需要她了。

车子驶进城区时，姜之悦提议道："咱们去吃火锅吧。"

"嘿，真是心有灵犀啊。"许寓教授兴奋得拍了一下方向盘。

"去哪里？"

"你定吧，你应该比我熟悉。"

"嗯……老北京火锅你是不必要了吧，那就去尝尝韩式火锅怎么样？"

"好主意，带路吧。"

这是一对韩国夫妇开的火锅店，上一次来这里，已是好多年前的事了，真的是好多年前。那是她刚来滨城不久，她说她想吃火锅，丛志便带她来到了这里。那一年的时间里，只要是在外面吃饭，他俩几乎都是来这儿。之后，丛志再没有时间陪她来，而她一个人也压根没有兴致来。等有了海童这个不爱吃荤的孩子，她就更无去外面吃饭的冲动了。

偶尔打这里路过，姜之悦一直都能看到这家火锅店还在开着。别的门店都已易主多人，招牌换了又换，唯有这家名曰济州岛的火锅店始终雷打不动，执着惦记着一个街道的历史。

又一次来到这里，姜之悦的心情有点复杂，店内的装潢仍和从前一模一样，却一点不见破败的迹象。时间仿佛停滞了，抑或一切都可从头再来。蓦然间，姜之悦觉得自己抓住了某种足以永恒的东西。这种东西就在她和他之间。

"好久不见呀。"老板娘热情地招呼着姜之悦。

姜之悦没有料到，老板娘竟然还能认出自己；再细看老板娘，她的身上似也没有什么变化，只是稍比从前显得丰满一些罢了。时间的确是可以停滞的，她回想自己镜中的容颜，她的确是在让某些已然结束的东西从头再来了。

"那香湾非常不错，但我还是更喜欢金滩。"许寓教授说。

"为什么？"

"在金滩能看见岛屿、礁石、山峦和游轮，景观多元，所以海域和沙滩都更为开阔的那香湾倒是显得景观单一了些。"

姜之悦想了想，道："我看了这么多年的海，怎么就没能认识到这一点呢？我还羡慕那香湾的海水和沙滩更出色哪。"

"现在不就认识到了吗？"

"我在想……我是不是一个见异思迁的人？"

"见异思迁也不是什么过错，但一味的见异思迁可能是因为形成不了真正的认识。"

姜之悦点点头，沉思俄顷，突然说道："我想喝酒。"

"尽情喝吧，可惜我不能陪你，我得开车。"

姜之悦要了一瓶啤酒。

许寓教授道："国产啤酒就是啤水，哪有什么酒味？这不有老挝啤酒吗？"他用手指在菜单上弹了一下，"这个牌子还是相当不错的，我喝过。"

"太好啦，我要老挝啤酒。"

许寓教授替姜之悦把酒倒上，姜之悦接过来就是一大口，呛得脑子里

12. 怨妇

"嗡"的一下，眼泪直流。

"慢点喝。"

"爽！"姜之悦擦干眼泪，接着又喝了一小口。

"能喝两杯的女人还是很可爱的。"

姜之悦的脸上迅速溢满红晕，不是因为酒，而是因为他这句话。

一边吃着一边聊着，许寓教授又将话题转移到姜之悦的博士论文上："……值得批判的不是怨妇本身，"他说，"是怨妇这种命名，为什么就没有怨夫呢？"

"为什么？"姜之悦的眼睛直直地瞪着许寓教授。

"因为命名权在男人那里，女人没有权利命名，也没有权力命名。"

"权力（利）？"

"一个是 Rights 这种权利，利益的利；一个是 Power 这种权力，力量的力。Rights 属于人人，所以是复数形式，Power 则属于少数，所以是单数形式。女人可以没有 Power，但是不能没有 Rights，而要拥有 Rights，有时又不能不借助 Power 来实现。不过，若是没有 Rights 的意识，Power 就会堕落为暴力的压迫。从这一意义上说来，掌握 Power 的男人对于女人犯下的过错，就在于他们无视了女人的 Rights。无论男人还是女人，只要不尊重 Rights，就必定成为压迫者的同谋。"

"我要再来一瓶。"姜之悦恭敬地向许寓教授举起右手，像学生在课堂上对老师发出请求。

"酒量不错，再来一瓶。"许寓教授朝服务员挥了个手势。

一听许寓教授的课，姜之悦就会有醉意，她已经醉过太多次，故而毫不介意这两瓶啤酒的威力。她一声不响地喝着，听着，醉着。

"我还要一瓶。"姜之悦又恭敬地举起了右手。

"你的才华展现得已经恰到好处，再喝就要才华横溢啦。"许寓教授将她的手按下。

"我就想才华横溢一下。"

"那就不可爱了。"

"好吧,我不才华横溢,我要好好珍惜才华。"

"这就对了。"

姜之悦离开座位去卫生间,走路开始身不由己,许寓教授赶紧追上搀扶住她。老板娘见状,跟着姜之悦进了卫生间。

出来时,老板娘笑着对许寓教授说:"姜老师喝了不少吧,今天是有什么开心的事情吗?"

许寓教授笑笑,寻思着,今天有什么开心的事情呢?大海、云朵、夕阳,美妙的景象始终伴随着怨妇这么一个令人沮丧的话题。

许寓教授继续搀扶着姜之悦走出火锅店,姜之悦顺势将头靠在了他的肩膀上。

"我醉了。"她说。

"还能找到家吗?"

姜之悦没有回答,想到家,她忽然一阵感伤。

许寓教授知道姜之悦居住的小区,看着他驶入熟悉的街景,姜之悦的眼前不知为何出现了丛志的身影。这个身影落寞凄怆,似有无限怨恨,正等待着姜之悦的安放,而姜之悦一时又无处将其安放。

"还需要我送你上去吗?"走到单元门前,许寓教授问道。

"不用了,我没事。进屋坐一会儿吧,你还没来过我家。"

"改日吧,今天太晚了。"

他等着她上楼,她等着他离去,最后是他结束僵持,转身回到车里。

她目送着他的汽车用灯光不断推开前方的黑暗,消失在建筑转角处。硕大的月亮看着她,她看着硕大的月亮,似乎仍能听见汽车的马达在月亮上娓

12. 怨妇

娓轰鸣。

头顶窗户的滑动声陡然打破这深情的寂静,她仰起头,自家的灯光怎么亮着?

她打开门,听见电视机里的大呼小叫,知道是丛志回来了。

"你怎么今天就回来了呀?"

"不欢迎我回来呀?"

"欢迎。"她打开卫生间里的灯。

洗完澡,她在镜前来回旋转,欣赏着自己的裸体,她又瘦了,节食和运动的效果是显著的。她对自己的身体重新感到了满意。

关上卧室的房门,她扑倒在空空的床上,重温着这个下午和夜晚的欢愉。卧室的房门又被打开,她随即翻了一个身,意识到这张床今夜无法让自己独享。

丛志熄了灯,在她枕边躺下。聆听着黑夜的声息,姜之悦试图重新接续她被中断的欢愉,但尚未摸索到衔接的头绪,那只手便贸然向她的小腹进犯过来。她条件反射似的背过身去,挡住它的进一步行动。它僵滞在她的臀部,好像进退两难。她忍耐着,等待着它的撤离。

它的撤离没有那么爽快,但撤离时的动作还是利落的。她依旧保持着既有的睡姿,直到听见他的鼾声,方才换成平躺的姿势。

她毫无睡意,丛志的鼾声格外刺耳。她将枕头挪到床尾,回忆着自己曾在床上歇斯底里呐喊的历史。接着,她来到芝加哥,来到安娜和刘易斯的床上——这是她昨晚读过的西蒙娜·德·波伏瓦《名士风流》中的一个段落:

……我吻着他的眼睛、双唇,我的嘴巴沿着他的胸脯往下亲吻,吻他稚气的肚脐,吻他茂密的毛发,吻他那轻轻跳动着一颗心脏的地方。他的气息、他的温暖使我迷醉,我感觉到我的生命离开了我,感觉到我那过去的生命离我而去，连同它的烦恼、困苦，以及那早已磨损的记忆。刘易斯紧紧地搂着一个新生的女人。我呻吟着，这不仅仅是因为快感，也因为幸福。过去，对于快感的价值，我是有着正确估价的，可我却不知道做爱会如此撼人心魄。过去、未来以及所有将我们分离的一切都在我们的床榻之下消亡：再也没有任何东西把我们俩分开。多么巨大的胜利！刘易斯整个在我怀里，我也整个在他的怀里，我们别无其他欲望，我们已经永久地拥有了一切。我们不约而同地说："多么幸福啊！"紧接着，我们又同声说道："我爱您。"

什么才能使一个男人和一个女人永不分离？什么才能使一个女人重获新生？是爱情吗？不，爱情终究阻止不了安娜和刘易斯的分离，爱情也阻止不了一个女人的重新死去。她想起第一次走进他的课堂，听他说过的那些话语："爱情固然美好，却需要成长，成长为爱，婚姻就是让爱情成长为爱的生活。都说婚姻是爱情的坟墓，但爱情何尝又不是婚姻的坟墓？"

"爱——"这个字溜出她的梦境，从她的唇边轻轻滑落，跌碎在被人遗忘的午夜，恰似一声无人倾听的叹息："唉——"

只要你不去依靠，就不会有分离，只要你不去占有，就不会有失去。所以，她只想始终伫立在他的身旁，随时等待他向她发出邀请。她的爱即是倾听与应答。她只主动一次，为了开始，然后便缱绻于被动的幻想里。她相信，她的幻想永远持久于她的行动。

他再次向她发出了邀请。

昆明有个学术会议，主题是女性与体育，许寯教授问姜之悦是否有兴趣参加？

"这可不仅仅是兴趣的问题，许老师，"姜之悦说，"至少有两个我要参会的理由。"

"哦？"

12. 怨妇

"首先,是因为能跟您一同前往,其次是我的女儿正好在那里求学。"

"那就好好准备一份发言提纲吧,回来后最好能写成一篇论文。"

"遵命。"

姜之悦想给海心一个惊喜,因此没有提前告知她自己要来昆明的消息。等到了海心的学校门口,姜之悦才拨通海心的电话。然而,她听见的不是海心惊喜的声音,却仿佛看到了她满脸惶恐和无措的表情。

"你怎么啦?海心……是身体不舒服吗?"

"……"

"你快说话呀!"

"……没事,见面再说吧……"

姜之悦坐上出租,按照海心在微信里发给她的位置地图找去。

司机说到了,就是这里。姜之悦下了车,正茫然四顾,忽然听到海心的声音。她转过身来,看见海心在向她招手。

姜之悦一直紧盯着海心的脸,她的表情依然如以往一样平静,姜之悦悬着的心稍稍向下放了一些。但随着视线的向下移动,她放下的心重又高悬起来。海心几近完美的身体曲线在腹部被打破了,一个丘状的东西突兀地附着在那里。

姜之悦的眼前一黑,一个趔趄,她扶了一下身边的栅栏,若无其事地跟着海心上了楼。

在略显凌乱和昏暗的屋子里坐定,两个人都不说话,似乎是在共同等待着一个无关紧要的结局。

姜之悦的呼吸越发急促。"给我倒杯水。"她说。

海心拿了一瓶矿泉水给她。

"说说怎么回事?"姜之悦道。

海心还是一声不吭。

"你怎么没住在学校？"

"……我退学了……"

姜之悦浑身一哆嗦，眼睛立即射出光来，仿佛是要吞掉对方。海心蜷缩于沙发一角，双手抱头，像是在等着一顿劈头盖脸的痛打。姜之悦在自己的大腿上狠狠掴了一掌，她想痛打的只有她自己。

"孩子是谁的？"姜之悦极力克制着自己近乎崩溃的情绪。

"……"

"孩子是谁的？"姜之悦的克制终于到了极限。

"我不想说……"

"几个月啦？"

"八个多月。"

"你打算怎么处理这个孩子？"

"妈……"

姜之悦抬起头，看见海心湿红的眼圈。

"我想把这个孩子生下来，我想让他（她）知道，我永远不会抛弃他（她）。"海心掩面而泣。

海心的泪水唤出了姜之悦的泪水，泪水淹没了姜之悦满腹的愁怨。她坐到女儿的身边，将她搂在怀里，轻声道："走，跟我回家吧，你需要人照顾。"

不容分说，姜之悦催促着海心收拾行李，并订好次日一早返回滨城的机票。

临走之前，姜之悦只是匆匆跟许寓教授说了一句"家里出了点急事"，许寓教授问她什么急事？她犹豫了一下，说"以后再说吧"。并不是羞于启齿，事实是对于所发生的事情，她也颇感到费解，她也渴望知道答案。

海心跟在母亲身后的脚步不太情愿，却也没了往日的那种决绝。飞机颠簸导致的妊娠反应，则迫使她完全放弃了自己的意志，像个婴儿似的顺服于母亲的安排。

　　一路三千多公里的距离，海心一言不发，只有姜之悦始终在嘘寒问暖，像照料一个婴儿似的照料着海心。直到行程即将结束时，海心才恍然意识到，母亲对她说的那许多话，其实也是对她腹中的胎儿所说。

　　"终于到家啦。"姜之悦长抒一口气。

　　海心抬头望望家里的窗户，踯躅不前。

　　"快上楼呀。"姜之悦催促道。

　　"妈，我担心爸爸……"海心嗫嚅着。

　　"他不在家。放心吧，孩子，我来做他的工作。"

　　姜之悦雇人将丛志父母的房屋彻底打扫干净，让海心住了进去，她自己也每天在这里陪着海心。她不时暗示自己，自己就要当姥姥了，家里就要迎来一个新成员，这是一件值得开心的喜事。他们的生活又开启了崭新的篇章，而这一篇章是由海心创造的。

　　因此，姜之悦在电话里开心地通告丛志，他就要升格为姥爷了。可丛志不想这么早就当姥爷，他只想知道是谁让他当了这个狗屁姥爷，他要找那个混蛋算账去！姜之悦说是海心想让他当的这个姥爷，同那个浑蛋没有什么关系。如果他不想当姥爷，那就让外孙叫他"老丛"好啦。

　　最后，姜之悦再三强调道："你可以不认这个外孙，也可以不认这个女儿，但我绝不允许你在他们面前有任何不友好的表现！"

　　为了舒解丛志心里的不满，姜之悦一改往日的平淡，对归来的丛志献上了特别的热情。丛志也知道她的笑脸纯粹是因为海心，可他无法理解的是，一件本应是丑闻的事件何以令姜之悦如此心花怒放？她和她好像是在共同保守着一个不想让他知道的秘密。

　　"那个浑蛋到底是谁？"丛志又一次追问道。

　　"别问，这是女人之间的秘密。"姜之悦说。

"我有权知道这个秘密。"

"等你知道尊重女人的时候,这个秘密就会自动向你显现。"

看到腹部高高隆起的女儿突然出现在自己面前,坐在沙发上的丛志顿时忘了所有不满,呆愣一秒,垂头啜泣。

海心走上前去,抱住父亲的头,像安慰一个孩子似的说道:"谢谢你,爸爸。"

姜之悦背过脸去,隐忍多日的眼泪瞬间决堤。

岂止他们不知道这个孩子的父亲是谁?这个孩子的父亲也不知道这个孩子的父亲是谁?这就是她一个人的事情,海心只想独自承担,或者说,和这个孩子共同面对他们的未来。

谭大卫说,爱上一个人会让他感到忧伤,所以,他从不对她说爱。她也不说,为了不让他感到忧伤。但她知道,他们是彼此相爱的,只是这爱有多深?她不知道。不过,知道这个孩子是爱的结晶,这便足够了。有一刻,她想起谭大卫的那位法国女友,想起他们的儿子保罗。于是,素昧平生的他们之间似乎有了一种温柔的联系。

"海心,我尊重你的选择,但还是想对你说一句:你只顾及了自己的爱,却疏忽了孩子的爱。"姜之悦说。

"我会把我所有的爱都给他(她)。"海心轻触着自己的腹部。

"但是母爱并不能替代父爱。"

"人生不需要那么完美,有点缺憾更有意义。"

姜之悦不再说话,望向海心的目光渐渐变成夜晚的河流。这河流也许是看不见的,却不可能是感受不到的。

暂且,姜之悦中断了博士论文的写作,每天把更多的时间留给了海心,为她做一日三餐,陪她散步聊天。姜之悦用理性规定出来的开心,终于转化为情感上真实的开心。她现在特别感激这个即将来到他们家庭之中的孩子,正是他（她）的意外出现重新建立了她和海心之间的母女关系。

这天晚上在海边散步时，海心忽然撇开正聊着的话题，对姜之悦说："妈妈，请你原谅，以前我对弟弟一直心存怨恨，现在我知道是我错了。"

姜之悦笑笑，道："我倒是没看出来呀，感觉你对弟弟一直挺好的。"

海心摇了摇头："谢谢你们接纳了我，能够帮助到弟弟，我是非常非常愿意的。你们放心，以后我一定会照顾好弟弟的生活。"

姜之悦揽住海心的腰："谢谢你，海心……你想见你的亲生父母吗？"

"不想，你们就是我的亲生父母。"

"海心，一定不要怨恨他们，妈妈希望你的心中永远充满爱和自由。"

"嗯，我明白。"海心紧紧握住母亲的手。

滨城的夏季总是姗姗来迟，令海心想起昆明的春天，想起初遇谭大卫的日子。她不知道自己以后还该如何同他相处？她不想告诉他这个孩子的事情，但要继续像从前一样交往下去，又怎么可能呢？

谭大卫已经回到昆明，一直问她何时回来？上次离开时，他想让海心跟他一起走，海心同意了，她很有兴趣去美国看一看。可在办理护照的过程中，她发现自己怀孕了，于是借故放弃了旅美的行程。

想到和谭大卫目前的关系，海心不免有些迷茫，他们多半是回不到过去了。无疾而终的恋情应该以一种友情的方式重新开始，最好是这样吧。

八月底，童心顺利降生。在她降生一周前，海心想好了这个名字。至于姓什么，海心有点拿不定主意，想让她姓谭，却又觉得不妥。她只好征求母亲的意见，母亲说姓丛姓姜都可以，反正是我们家的孩子。海心说那就姓姜吧，咱们家姓丛的太多啦，姓姜的只有你一个。

"谢谢你，海心，让我在这个家里不再孤单。"姜之悦亲吻着婴儿胖嘟嘟的小手，说道："你好啊，姜童心，姥姥欢迎你！"

姜童心的小脸一下子如花般绽开，融化了所有人的心，就连一直眉头紧锁的丛志，也被这张小小的笑脸征服了。他将她轻轻抱起，嘴角僵直的线条开始向上弯曲，引爆出满脸的惊奇和喜悦。

"还是给我吧，"姜之悦把孩子要了过来，"你到现在也没学会怎么抱孩子。"

丛志尴尬地搓搓空出来的双手，他已经想不起自己当年是如何抱海童的了。其实，他已经忘记，他几乎就没怎么抱过海童。

接到母亲的电话，得知姐姐的宝宝出生了，海童从海洋牧场赶回。他特意从海里给姐姐采了海参，又费了好大工夫给童心找到一颗别致的虎斑螺。

可一见到那么小的童心，海童便吓得直往后退，迟迟不敢上前，哭得像个受了委屈的孩子。

"这是舅舅。"海心对童心说道。

"快去抱抱你的甥女呀。"姜之悦轻推了海童一把。

海童鼓足勇气走过去，从海心怀里接过童心，手臂伸得直直的，像是捧着一个易碎品。

姜之悦教海童将手臂放松，一手托着童心的臀部，一手搂住童心的头，让她贴靠在自己胸前。

海童依旧泪流不止，童心平静地看着哭泣的舅舅，看着看着，突然又张大嘴巴笑了起来。

"童、心……童、心……"海童喃喃道，泪水顺着他的脸颊滴落到童心的腿上。

月嫂走了进来，说："我要给宝宝洗澡啦。"

这一个月，海心主要是由月嫂照顾，姜之悦负责采购，忙得不亦乐乎，根本没时间去想以后的事情。但海心却有明确的打算，她说等童心满月后，她便带她一起回云南。听了这话，姜之悦先前的担忧和此刻的难过交织着猛然涌上心头。

"孩子太小，你一个人怎么能行？"姜之悦道。

12. 怨妇

"我会雇保姆的。"

"不行，我不放心。"

"妈，我已经长大了，也当妈妈了，你就不用再为我操心了。"

"你能行吗？"

"放心吧，妈，我能行的，我一定会把童心抚养得让你们每个人都满意。"

姜之悦望着熟睡的童心，心猛地疼痛起来。她不禁又牵挂起海心的秘密，因为这个秘密，海心有了令她感觉陌生的东西，它们等待着她去熟悉去领会。

她不像丛志那么没有耐心，每次一见到童心，总是忍不住要悄声问她："海心还是不肯说这孩子的父亲是谁吗？"

她尊重海心的秘密，她不说，她也不问，并且时刻注意着避免触及孩子父亲的话题。然而，当一个陌生男子突然在某一天找上门来时，姜之悦一眼即认出他肯定是童心的父亲。可是，海心却介绍说，这是她的画家朋友，名叫谭大卫。

谭大卫剪掉了辫子，发型跟中年后的鲁珀特·艾沃瑞特更加接近，看上去也年轻不少。

"你怎么说来就来啦？"备感狼狈的海心一时不知该如何应付谭大卫。

"我发觉你忽然变得有些不对劲了，估计是发生了什么情况。最近两次和你通话，我都听见了婴儿的哭声，所以，我想来看看你这里到底是怎么一回事？"

"没有什么，我就是回来探望一下父母，还有弟弟。"

"海心，我可以看一下孩子吗？"

"……那不是你的孩子。"

"海心，我知道是我们的孩子。"

"真的和你没有关系，你不要多想。"

"海心，我已经不年轻了，有些想法也不再是年轻时候的想法了。我已经错过一次做父亲的机会,这次绝不能再错过了。"

"你不是不要婚姻吗?"

"为了孩子,我要,我想做父亲。海心,我们结婚吧。"

海心没有任何表示,但她已然清楚的是,她当初不想结婚的念头该有多么轻率。是的,年轻就是轻率。不过,二十三岁的她已不再年轻。

13．道别

小蔡前来和姜之悦道别，他们一家已经办妥移民加拿大的手续，明天就要启程。姜之悦木木地瞪着小蔡，仿佛没有听明白对方说的是什么。

"对不起哟，姜姐，我没早告诉你，因为不确定能不能申请成功，以前失败过两次的。"小蔡说。

姜之悦抓住小蔡的手，强作欢颜地说了一句："祝福你们！"

刚刚送走海心一家，小蔡一家又要离开，姜之悦心里那个空落落的口子又被撕裂开一大块。她尽量不把别人的离开当成对自己的抛弃，然而不舍之情难免产生孤寂的惘然。

"如果你也想移民加拿大，我可以帮你。"

姜之悦摇了摇头，道："谢谢你。"

她知道自己是不会移民的，此生，她离不开滨城，除非大海可能搬离滨城。决定一个人在哪里得以安家的，不是理智，而是情感。当初，她恰是因为情感选择了滨城，而今，她所有的情感几乎都深藏于这座城市。滨城是为她定义了乡愁的家园。

"你现在的状态好极啦，姜姐，真为你高兴。我还是那句话，多对自己上心一点。"

"我会的，谢谢你，漪澜。""漪澜"是小蔡的名字，她不清楚小蔡能否体会到自己口中这"谢谢你"的分量。小蔡是她这么多年来最想感激的一个人，她跟她学会了化妆，学会了用爱马仕香水，学会了如何让自己更美丽。

两人拥抱在一起，彼此都湿了眼睛。

姜之悦希望小蔡再多坐一会儿，小蔡却有善后必须在今天处理完。于是，姜之悦坚持要送小蔡下楼，站在门口，目送着小蔡消失在单元门里。一直呆站好久，姜之悦才从怅然的心绪里缓过神来，她左右看看，朝小区东侧的湖边走去。

她就是在这里同小蔡结识的，岸边的那些树木已经茂密得遮蔽了天空，将湖水笼罩成一片黑色。看到这些树木，姜之悦不由得想起彼时尚在她们腹中的海童和大恒。如今，两个胎儿都已出落成身高一米八五以上的英俊青年。

而实际上，海童的个头已接近一米九，并且仍在不可思议地保持着长高的势头。始终不变的，唯有他那张娃娃脸上的稚气。姜之悦的困惑一直就得不到解答，什么时候海童才能不再像一个天真的孩子？看看大恒，再看看海童，除却身材，他们全然不像是两个同龄人。

最近，姜之悦问海童，大学毕业后有何打算？海童的回答竟是继续在海洋牧场看海。

孩子的世界就是如此单纯，从开始到结束，永远认真重复着同一件事情。从早到晚，从夏到冬，海童只愿待在无声的深海里。大海是他永恒的玩具，始终无法厌倦的玩具。除了大海，海童俨然不再需要什么。

那人又来了，他差不多一个月就会来一次。海童换上潜水服，"咯吱、咯吱"地踩在雪地上。那人拦住了他，摆摆手。

"不需要啦，她没了……"那人说着，一屁股瘫坐在门口的台阶上。

13. 道别

海童看看他，他用颤抖的手点着一支香烟，猛抽两口，然后将头插进双膝中间。

海童敞开门，想让他进屋，外面太冷。那人一动不动，仍旧埋头坐在那里。海童又盯着他看了几分钟，后退几步，转身走向岬角的大海。

死亡是寂静的，海下是寂静的，海童稔熟于这广漠无边的寂静，所以无法理解死亡带给一个人的悲伤。在这里，生和死没有欢喜与哀痛的界限。生是漂浮，死是漂浮，漂浮就是随时都可以消失，而黑暗里的消失显然不是消失，因为消失必须能被看见。

他又看见了那条鲨鱼，摇摆着脑袋向他游来。他中止了下潜，开始猛力向上划水。鲨鱼白花花的肚子横在了他的头顶，他迅速抽出腰兜里的瑞士军刀。就在他企图推开鲨鱼之际，他看见了缠绕在它颈部的渔网。他的恐惧立即化为乌有，伸出去的手轻触了一下鲨鱼的胸鳍。鲨鱼静止在那里，看不出有任何恶意。

海童抓住漂浮的一截渔网，找到可以下刀的地方，用力将渔网一刀刀割破，直至它从鲨鱼身上脱落下来。渔网出奇的长，他将它一圈又一圈缠满整个左臂，准备带出大海。这是大海里不该出现的东西，是海童在海里最憎恶的东西之一。

摆脱束缚的鲨鱼立即欢腾起来，蹿出去百米远之后又折了回来，用脑门拱着海童的臀部，将他送到海面。海童朝岸上游去，那条鲨鱼一直伴随在他的身边。正在海面上栖息的海鸥纷纷腾空而起，围绕着他们尖叫盘旋。看见礁石时，鲨鱼停了下来，尾鳍在空中一闪，转头回向深海。

海童爬上礁石，眺望着开始起浪的大海，等待那条鲨鱼跃出水面同他道别。然而，鲨鱼似乎不喜欢道别，海童只看见它的背鳍在白浪中渐行渐远。

天色骤然阴沉下来，海水仅剩下灰白两色，海童仰望天空，听见又一场大雪纷至沓来的声音。他的身体在不停发抖，但那仿佛不是因为寒冷，而是由于燃烧所致的痛楚。一步一步,他缓缓前进,一边解开左臂上的渔网。那人已不在海草房的门前,门也被关上了。

空旷的雪地上,被画出一个大大的心形图案,心形的中间雕着"感谢"两个立体大字。那两个字酷似两个人在雪地上紧紧相拥。

推开门,那人并不在里面,海童回头又看了一会儿地上的那两个字。

过了一阵,那人又来,坐在岬角的一块岩石上。海童从水里出来,还以为是金安熙,游到近前才发现是他。那人冲海童点了下头,起身走开。等海童攀上岬角,那人已无了踪影。

过了一阵,那人又来,坐在岬角的那块岩石上。见海童浮出水面,他同样点点头,同样悄然离开。

老毕问海童:"这人是不是魔怔啦?"

海童不知魔怔是什么意思,他想这个人一定也喜欢潜水,所以喜欢看他潜水。他从海底采到一枚螺旋状的红色贝壳,把它送给了他。

"你应该把它送给一个姑娘。"老毕提醒道,"你不能整天这么迷恋大海,你需要一个姑娘。"老毕看着海童的眼神色迷迷的,脸上泛出情欲的光泽。

夜巡回来,海童有了倦意,躺在床上沉沉睡去。

老毕仍旧坐在自己的桌旁酌酒,他扭头瞅瞅海童,道:"不要学我,我就是被大海给耽误了,一辈子没碰上一个女人。想当年,我也是……"老毕突然打住,他听见了海童轻微的鼾声。

海童的身体在抽搐,他在进行着紧张的搏斗。成群的鲨鱼朝他围拢过来,每条鲨鱼的颈部都勒着长长的渔网。海童奋力挥舞着瑞士军刀,争分夺秒地为它们一一解围。驯顺的鲨鱼们是绝望的,对于呼吸似已感到了厌烦。但海童不能绝望,不能厌烦,他的哀伤充满了愤怒,愤怒得以至于惊醒过来,意识到有种侵犯性的力量正在逼近他,逼近他的下体,逼近他的口唇。他本能地挥出去一拳,对方像一棵大树似的轰然倒于床下。

13. 道别

弥漫在周围的浓重酒气使海童明白了刚才所发生的一切，他随手打开灯，老毕赤裸而黝黑的背影在门口一闪而过，消失于清澈的夜色里。海童坐起，愣了会儿神，看看老毕扔在床上的衣服，他走了出去。

一丝不挂的老毕在皎洁的月光下熠熠生辉，他一口气跑到岬角尽头，展开双臂，倾斜着，像根柱子似的倒向大海。

海童飞奔过去，在岬角尽头止住脚步。老毕在远处露出头来，掀起一片浪花，浪花簇拥着他游向悬浮于海上的月亮。他再也不回头了吗？海童俯身望一眼模糊的脚下，正想跟着跳下去，但又发现老毕已停止向前，仰躺在海面上，开始向岸边漂浮。

海童不再担心，脱掉内衣和短裤，也模仿着老毕的姿势向石崖下倒去。初春的海水并不比隆冬的海水温暖多少，但却恬静了许多，也有了些许柔情。月亮浸没到水里，海水变得透明金黄，海童游动在这片光芒中，暂时失去了方向。他的手脚停止动作，随着默默起伏的海水旋转漂离。

"对不起啦！"这是老毕的声音，犹如一道海浪翻卷而来。

海童寻找着声音的来处，没能发现老毕的身影，只是看见一条剑鱼凌空飞过。顺着剑鱼出没的方向，海童辨清了岬角的位置，他距那里至少有三海里之远。海童开始往回游去，对于他，海上的距离没有时间的意义，它不像陆上的距离那样能使他产生疲劳。

他首先看见了褐岛，接着岬角便出现了，还有闪烁的灯火。他隐约看见岬角上立着一个人，等他登上岬角时，那个人影便不见了。海草房里的灯还亮着，海童先从窗户往里张望，没有看见老毕。他推门进去，看到老毕床上的衣服没有了，被子头一次叠得这么整齐。老毕平时爱穿的那双迷彩劳保鞋也没有了，只剩下他的拖鞋被正儿八经地摆放在床底。

海童凝神听了听，没有听到什么动静，他又走了出去。房山墙旁的那盏路灯下空空的，那里平时停放着老毕的三轮摩托车。他来到黑客的木屋前，里面也是空空的。海童再次侧耳谛听,仿佛听见老毕的摩托车在远远的海上轰鸣,同时间杂着黑客依稀的吠声。

老毕从此杳无音讯。

丁老板打他的电话,总是关机。丁老板百思不得其解,问海童:"他没跟你说过什么吗?"

海童摇头。

丁老板道:"问题是我要不要报警呢?"

海童又摇头。

"老毕是个孤儿,除了我,没人操心他的生死。"丁老板说。

海童知道老毕没有死,他只不过是想换一个地方去看海。不对,老毕说他厌恶海,那么,他一定是去了一个看不见海的地方。但是,海童同样知道,老毕一定会后悔的,说不定,哪天老毕还会回来。

丁老板说:"我抓紧招聘,再给你找个人来。这几天你就暂时多辛苦一下。"

海童说:"不、要,我、一、个、人、行。"

丁老板转身走出去几步,又回过头来:"你大学快毕业了吧?"

海童点头。

"那你就不可能再在这里干啦。"

"我、能。"

丁老板一把握住海童的手:"当然啦,我的牧场非常欢迎你这样的人才。"

海童微微晃了一下脑袋,他明白丁老板所说的人才绝对不是用来看海的。

丁老板一直没再招聘到人,老毕也一直没再回来,海童乐得能有这样的清净。这个牧场根本就不需要两个人来看护。

正在屋里写毕业论文的海童无意中朝窗外瞥了一眼,好似着了大火,通红一片。定睛细瞧时,他又听见一阵悦耳的欢笑声。好奇的海童丢下电脑,出去探个究竟。

晚霞染红了海水和山峦，褐岛变成了真正的褐色，海童顿悟到，这大概就是褐岛名字的来由吧。几抹黑云仿佛浓烟凝固于漫天的红色里，没有热量的大火只是漫漶，并不吞噬，让水与火交融成宁静的塑像。

欢笑声再次响起，海童循声望去，看见两个长发少女站在岬角的一块岩石上，手持自拍杆，背对着夕阳。

海童静静地看了她们一会儿。为了看得更清楚一点，他又向前走了几步。他没有想打搅她们，但她们还是发现了他。其中一个姑娘朝他挥了下手，随后她们便嬉笑着向沙滩跑去。

海童看着她们越过沙滩，爬上石坡，骑上自行车，消失于黑松林中。海童想转身继续看自己的夕阳，脚却不由自主地朝沙滩迈去。

沙滩上有两串小巧的脚印，是她们留下的。海童抬起一只脚，在脚印上比了比，他的脚好大啊。他没忍心踩下去，怕踩疼她们的脚。他沿着这些可爱的脚印前进，一直走到她们骑上自行车离开的那个地方。没有了她们的脚印，也没有了她们的声音，然而海童仍在不甘心地搜寻。

他看见草丛里立着一张粉色便笺，走过去拾起，是一份用铅笔写下的清单，字体娇小而娟秀：

1. 听海民宿
2. 鸳鸯草
3. 《忧郁星期天》
4. 绿摩尔
5. 龙蛇兰日出
6. 地下丝绒与妮可
7. 香奈儿五号

8. 阿咪司唑

9. 凯瑟琳·赫本

这是她们遗下的吗？海童追过去，穿过黑松林，在试图跨越那道沟谷抄近路时，他扑倒在了地上，膝盖渗出斑斑血迹。他并不理会，站起身又向前走了几步。看到环海路上驶过的汽车时，他停了下来。

他又看了一遍这份清单，只有"听海民宿"他是懂的。他抬起头，回想着听海民宿的样子。他将清单仔细叠好，揣进衬衣的口袋。

翌日，去金滩的北山路吃完早餐，海童骑着电动车来到海边，找到那家听海民宿。这是一栋红色三层小楼，矗立在路旁格外醒目，一望无际的海水将它映衬得犹似一幅画卷。门顶的蓝色牌匾下方还印着一行白色小字：鲜花·酒吧·咖啡·电影·音乐·阅读。

海童注意到门口的花架前有一排黄色自行车，昨天那两个女孩骑的正是这样的自行车。

她们想必就住在这里，海童断定。他在马路对面的花坛边坐下，等着店门打开。半个小时后，店门开了，一个披着长发、身着浅绿色长裙的女孩捧着一盆鲜花走了出来。她把一盆盆五颜六色的鲜花摆放在窗前的花架上。

海童跑过去帮忙，那女孩想阻止他，打量了他一眼，又默许了。为了让她少搬，海童一次搬上四盆，很快便将花架排满。

"你都出汗啦。"她说，递给他一张纸巾。

海童接过纸巾，却没用来擦汗，而是一直攥在手心里。

"你是来买花的吧？"

海童点点头。

"你想要什么花呢？"

海童指了指眼前这束花，一进屋，他的目光就被它吸引住了。

13. 道别

"这是蝴蝶兰。只要这一种吗？"

海童点头。

"要几枝呢？"

海童无助地望着她，他也不知道该要几枝。

"是送给女朋友吗？"

海童的脸颊蓦地绯红，模棱两可地点了下头。

"三枝够吗？"

海童点头。

她用一张淡紫色方形纸将花包好，扎上丝带，双手捧到海童面前。

海童接过鲜花，又指指她身后柜子里的花瓶。

"还需要一个花瓶？"

海童点头。

"这种喜欢吗？"

海童点头。

海童付完钱，扭头看看通往上面的楼梯。如果此刻走下来一个女孩，他想这就是昨天黄昏时的她俩了。但是，没有另一个女孩出现，所以他不能肯定她就是其中的一个。不过，无论怎样，眼前这个女孩跟昨天那两个女孩是一样的美，尽管实际上他压根就没看清那两个女孩的模样。

走到门口，海童忽然闻到一股咖啡香，这种香味被花香掩盖住了。他回过头来，重新细瞧黑板上用粉笔书写的咖啡名目和价格。

"要喝咖啡吗？"

海童笑了。

"要喝哪一种？"

选择总是令海童深感困惑，咖啡就是咖啡，不应该分出这么多种。

"要不就尝尝马琪雅朵吧，这是本店推出的新品。"

海童点点头。

"好的,请您找个位子坐下,马上就好。"她系上印有"听海"字样的黑色围裙,系上花格头巾,消失在角落的一个工作间里。

海童在靠窗的一张单人桌前坐下,正对着外面的大海和鲸鱼似的褐岛。他有好久没从这个角度观察褐岛了。但是这时的褐岛仅仅显露出下半部分,上半部分隐没在雾里。他能听见海鸥嘶哑的叫声,却看不见海鸥的影子。

雾气越来越大,整座褐岛都不见了,近处的海水也若隐若现。

咖啡的浓香扑鼻而来,海童还闻到了她身上的一股清香,是雨后草地上散发出的那种清香。

"请您慢用。"她说。

咖啡上漂浮着白色的帆船图案,海童一直盯着它看,端起,又放下。

"怎么?不喜欢这种味道吗?"从他身旁经过时,她看到咖啡还是原样放在他面前。

海童摇头。

"那我可以给您换一种,您自己选吧。"说完,她便准备将这杯咖啡收走。

海童伸手将咖啡捂住。

她笑了:"那怎么不喝呢?"

海童将咖啡放到唇边,不是咸的。甜或苦,对他而言都是一种滋味:不是咸的。

坐在这里,看着海,闻着花香、咖啡香,听着音乐,海童不想离去。可是牧场不能太久没人,即便不会发生什么不好的事情,他也不能太久不在那里。

回到牧场,海童放了心,可一想到她,海童的心又开始放不下来。他将三枝蝴蝶兰插进花瓶,放到桌旁。每次从外面回来,他总要先看上一眼这三枝蝴蝶兰。

13. 道别

他等着蝴蝶兰枯萎，好再去听海民宿买新的。但是过去了两天，它们还是那么鲜艳。他等不及，索性又去买了三枝；又坐在那个位子上，喝了一杯马琪雅朵。

两天后的早上，他接着去听海民宿买蝴蝶兰，喝马琪雅朵。

她说："你的女朋友真幸福。"

他又是满脸绯红。

他走后，一个女子从一辆红色轿车里出来，走进店里。她摘下帽子，挂在衣帽架上。

"这小伙子怎么又来啦？"她问。

"给他女朋友买花呗。"

"女朋友？你不觉得他是冲你来的吗？"

"妈，你说什么呀？"

"我是提醒你要敏感点。"

"敏感什么呀？我都三十二岁啦，而他看上去就像个中学生。"

听她说到自己的年纪，她的母亲重重叹了口气："真真，你什么时候才能不让我再为你操心了呢？"

"我没有让你为我操心呀，妈，我一直对你说啦，你应该去过你自己的生活，不要老是跟着我。"

"不跟着你，我放心不下呀。等你结了婚，我肯定不再管你的事。"

"要是我这辈子都不结婚，那你就跟着我一辈子吗？"

"什么话？怎么能不结婚呢？"

"如果遇不见我喜欢的男人，我就不会结婚。"

"不结婚，你的生活就是不正常的。"

"那是你的理解，我只过我想要的生活。"

"你想要什么样的生活？"

"我现在过的就是我想要的生活。"

"问题是这种生活你还能过多久？"

真真语塞，她无法回答母亲。说来，她并不完全是在靠自己的能力过她想要的生活。

在德国读完大学，真真回到北京，应聘进一家德资企业从事翻译工作。干了四年，因为严重的失眠和内分泌紊乱，真真实在坚持不下去了，没有任何药物可以帮得了她。

再看看身边的同学好友，结婚的结婚，生子的生子，只剩下她这个孤家寡人。孤家寡人倒没什么大不了的，真让她受不了的，是那些熟人对于她婚姻的无比热心："你怎么还不结婚？""你要当一辈子剩女吗？""别再挑啦，不然就老得没人要啦。"

这些可怕的关心令她如临大敌。她想到了逃离。逃往何处？她想到了滨城。她喜欢大海，她在德国读的那个大学就位于一座港口城市。高中的一年暑假，父母曾带她去滨城旅行，滨城的环海路给她留下了十分深刻的印象。于是，开一家海边小店便成了她的梦想。于是，她毅然辞职来到滨城的环海路。

父母支持了她二十万，加上她自己积攒的二十万，她租下金滩这座最引人注目的红楼，将它打造成一家特色民宿。两年下来，用她母亲的说话，就是白干，所得全交了房租。但真真还是挺满意的，毕竟不像第一年亏损那么多。更重要的是，真真再也不会失眠，内分泌也不再紊乱。不论风声、涛声、鸥声有多大，也搅扰不了真真安详的海畔之梦。至少，她明白了，她属于这里，她不属于那个高楼林立、污霾肆虐的大都市。

真真打算就这样一个人在这里老去，每天打理着小店，看看大海，发发呆。如果有一天，她能将这座小楼买下，那就更好。只要没有租金的压力，维持住一日三餐是不难的。这里有大海、鲜花、美酒、咖啡、音乐、电影，还

13. 道别

有书籍。除此，她想象不出还有比这更加奢侈的生活。

她永远不会忘记睡在听海民宿的第一个夜晚，躺在床上，她看见了窗外的月亮，不，是听见了窗外的月亮。那月亮是有声的，如刚刚被水洗过一般，晶莹剔透，停泊在朦胧的山影之上。她不忍睡去，披衣来到露台，目光追随着月亮从山巅移向空海。她对动情已然陌生，但是今夜触发了她的情感机制，她在手机里的备忘录上写道：听不见月亮说话的夜晚是有罪的，我曾是有罪的。

母亲说："这是老年人的生活，你还年轻着哪，应当充满朝气。"

朝气就是忙忙碌碌吗？像她在外企时的那个样子？好吧，那她宁可老气横秋。

母亲说："你们这一代过得太幸福，所以缺少生命的活力。"

呵呵，她并未觉得自己是幸福的一代，但她觉得现在的自己确是幸福的。然而，她的母亲总想要把她的这种幸福摧毁。其实，她一点也不喜欢"幸福"这个词，她喜欢的仅仅是自己想要的生活。今人甚至把婚姻等同于了幸福，那么，没有婚姻岂不就是没有幸福？是谁制定出的这种荒唐逻辑？单身就等于不幸福。去他的幸福！

真真来到三楼的露台，深吸一口海风，冲着大海高喊："我不要幸福！我不要幸福！我不要幸福！"

反正今天没有客人，她爱怎么喊就怎么喊。

他又来买花，她终于忍不住问道："你做什么工作？"

海童指指身后的大海。

海上恰巧有帆板驶过。她道："你是帆板运动员？"

海童摇摇头。

"我知道啦，总之是跟大海打交道的。"

海童在盯着她的脸看，今天，他忽然有了正视她的勇气。

她迎着他的目光，辨别着其中的意味。"你有一双婴儿的眼睛。"她说，"而且跟大海是一个颜色。"

海童又开始盯着她的眼睛，她的眼睛是黑色的，也跟大海是一个颜色，大海深处的颜色。

"跟大海打交道的人都不爱说话，是吧？"她走到窗前，在那把摇椅上坐下，望着前方的海。"看久了大海，我也变得不爱说话了，但有时……又特别想说话。"

咖啡喝完了，他该走了。

"你可不可以帮我一个忙呢？"她问。

海童用力点头。

"车被我妈开走了，客户订了一束鲜花，要在九点之前送到渔港。你能用电动车载我一趟吗？"

海童不停点头。

"那就谢谢你啦。"

她拿上鲜花，坐在他身后，一只手搂住他的腰。他的腰感觉到了异样，一缕柔软而轻盈的火焰在那里升腾。似乎，他的电动车在环海路上飞了起来。周围都是盛开的蝴蝶兰，将所有景象染成了粉色。海水也变成了粉色，鱼儿也变成了粉色，道路、大海、天空，融化在一起，他和她也融化在了一起。他们行进、漂浮、飞翔，倾听着时光干枯碎裂的声音。

"停下，快停下，已经走过啦。"

听到她的提醒，他还是继续向前走了长长的一段，才折返回来。他无法从一个美梦中即刻清醒。

他在路边等着，望着她离去的背影，那背影越远越清晰。很快，她又出现了，他盯着她的面容由远及近，逐渐熟悉。不知为什么，他老是回想不起来她的样子。在他的记忆里，只有她长长的黑发、颀长的身材和月光似的面庞。

13. 道别

她的眼眉，她的唇齿，她的鼻额，皆模糊在了那面庞的月光里。他要记住她的样子。

回去的路上，他放慢了速度。她好像并没有察觉。等到了听海民宿门口，她还说："这么快就到啦。"

是啊，这么快就到啦。平素，他没有什么时间的概念，但只要是和她在一起的时候，时间就会不知趣地动不动找他的麻烦。

"再见啦。"她站在门口朝他挥手。

他一脚踩下，电动车"嗖"地蹿了出去。这一转身，他怕又忘了她的样子，于是马上减速，想回头再看她一眼，但她已经不在门口。

今天傍晚的夕阳依旧那么动人，海童等着那天的两个少女再来，但是她们没有再来。海童回到屋里，满屋的蝴蝶兰在红光里熊熊燃烧，那些已然枯萎的蝴蝶兰在燃烧中重又焕发了生机。

海童脱下衣服，走进海里。在深海之中，他会忘掉陆地上的一切，包括她。他之所以记不住她的样子，也许正是因为他在陆地上的记忆总要遭受海水的冲刷。海水需要他用全部的身心来对待，他唯有在陆地上才可以是三心二意的。

她属于陆地，他属于海洋，他们永远不可能生活在一起。海童认识到自己是在犯一个错误，一个陆地上的错误。不过，这也没有什么，陆地之于他就是永久的迷失。她只是提醒了他的迷失而已。

母亲也注意到了海童的这次迷失，她问："是论文写得不顺利吗？"

海童的眼睛猛地一眨，说没有。他不明白母亲何以会想到这个问题？

"你是怎么打算的？考研还是工作？"

工作。海童说。

"你喜欢什么工作呢？"

看海。

母亲注视着海童，似笑非笑。

海童咧嘴笑了，母亲的这种神情他很熟悉，就是默许的意思。

一声巨响，地面一阵颤动，窗玻璃亦随之哆嗦起来。海童的眉头一拧，这是不远处又在炸山。老毕说过，那里有一个规划楼盘，是游艇俱乐部项目。果然，这个项目正式开建了。

老毕还说，到时候他们的海洋牧场就该被取缔了。这话海童没有当真，因为他不愿意相信这是真的。大海是永恒的，大海告诉他，一切都是永恒的。

向来空旷的海面上突然出现了白色的游艇，而且一天比一天多，它们甚至距离岬角愈来愈近，仿佛要侵占海童独享的安宁。海童感到烦躁和愤懑，捡起一块石头朝它们扔去。他把它们当成了大鸟，以为一块石头就能将它们吓跑。但是，对于这样的恐吓，它们不屑一顾，照旧肆无忌惮地横冲直撞。

下了半夜的雨在海童准备出门的时候停了，正好不影响他去听海民宿。看看乌云密布的天，海童担心雨还要下，决定不吃早餐，直奔听海民宿。可没等走到一半，雨又下了起来，比夜里更猛，海童瞬时被淋了个落汤鸡。

听海民宿的门已经开了，海童猜测是有客人；如果没有客人，它一般要到八点以后才会开门。

海童没有直接进去，而是先躲到门廊里拧了拧身上的湿衣，整理一下粘在脑门上的头发。雨依然在下，丝毫没有要停的意思。"哗哗"的雨声并没有妨碍他听见屋里的对话：

"真真，面对现实吧，你的喜欢当不了饭吃。"

"不，我还想再坚持一段时间。"

"你已经坚持快三年了，四十万都赔光了，你还拿什么坚持？再赔四十万？"

"可我就是不想回去。"

这样偷听别人说话无疑是不合适的，虽然并非故意，海童往稍远处站了站。

突然，她走了出来，一扭头，看见了他："是你？"

"真、真……"

"原来你会说话呀？"她一脸受到惊吓的表情。

"对、不、起。"

"快进来吧。"

他跟着她进了屋。

她递给他一条白毛巾："这是新的。"

海童用白毛巾擦擦脸和头发。

"这么大的雨天也出来买花，你女朋友还不得感动死？"她没有先给他弄花，而是先去给他煮了咖啡。

她的母亲冷冷打量了他一眼，起身将他留在门口的湿脚印用拖把抹去，然后去了楼上。

"你怎么称呼？"她将托盘放到他面前，"以为你不能说话，所以一直没敢问。"

"丛、海、童。"

"谢谢你这么久以来对小店的支持。"她的笑容不及往常那么明亮，像是被这雨天败坏了，她的嗓音也是无精打采的。

"要、支、持。"他几乎是在喊，想借高声给她一些力量，不过他的音量实在是有限。

喝完一杯咖啡，雨还没停，他又要了一杯。他想，只要这雨不停，他就一直喝下去。一连喝了十杯，雨还是没停。

"这可不是啤酒哟。"她打趣道。

喝到第十五杯时，雨终于停了，他身上的衣服也干了。他掏出钱包。

"快把自己喝破产了吧？"她道。

他将钱包里的钞票全部抽出，放到柜台上。

"看来你离破产还早着哪，我可要不了这么多。"她把剩下的钱放回他的钱包，"别忘了你女朋友的花。"

真真。他的嘴唇嚅动了一下。

此后每次潜水，海童都要无声念叨一下这个名字：真真。浮出海面时，看到那人又坐在岬角的岩石上，他也念叨了一声"真真"。海童希望那人变成真真。

按照惯常的频率，明天才可去听海民宿，可不知为何，海童突然今天就想去。他不肯再等一夜，何况此刻骤然出现在海面上的那些游艇也令他十分心烦，它们弄得他已经没法在白天潜水。他逃也似的骑上电动车。

远远地，海童便发觉听海民宿有了不妙的变化。他眼前突现一片灰暗，加速冲了过去。

玻璃门外横着一把大锁，里面挂着一个"出租"的牌子。海童向里望去，所有的鲜花都没了，只剩一个花瓶倒在柜架上。

海童拨通"出租"牌子上的电话，是一个男人的声音，本地口音。听他"喂、喂"着，海童将手机塞进裤兜里。

真真。海童的嘴唇不停嚅动。

一整天，海童没有潜水，也没有吃饭，只是守着房间里的蝴蝶兰发呆。

丁老板来找他，说这里的海洋牧场要撤了，让他明天去办公室结算一下工钱。

海童瞪着丁老板，一声不吭。

丁老板以为海童在难过，拍拍他的肩，道："等我拿到赔偿款，再另辟个地方继续搞海洋牧场，到时欢迎你再来。"

海童转过头去，眺望着这片海域，眼里盈满深情。他一步一步走向岬角，小心翼翼，仿佛害怕跌倒。他在岬角的尽头立住，海上一艘游艇都看不见

13. 道别

了，因为今晚要有台风抵达。事实上，台风的前奏已经抵达，海浪正一阵高过一阵。

海童脱下所有衣服，抛向空中，任狂风将其卷走。赤裸的海童张开双臂，做出一个拥抱前方的姿势，双脚缓缓离地，顺着风势飘向大海。一只义无反顾的大鸟即将沉没，变作永远的鱼。

喧嚣汹涌的仅仅是海的表面，海童以前所未有的力量和坦然向纵深处驰骋，那里仍旧寂静安详。他不再顾忌深度，不再牵挂归来，不再区分现实和幻觉的界限。他看见一道光在前方乍现，他看见了黑暗的群体在向他欢呼，他看见了草原、森林、花朵、河流以及山巅和星空，他听见了鸟在啁啾、蝉在聒噪、蛙在欢歌、虫在低吟。他看见自己就在那里，他听见自己就在那里。

他是谦逊的光，他是羞涩的声，他是纯真的自由。

尾声

推开海草房的门，满屋是干枯的蝴蝶兰，在地上、桌上、窗台以及墙上，在大大小小的瓶瓶罐罐里。姜之悦试探着借助这些令她惊诧的蝴蝶兰构想出海童近来生活的变化，但却一无所获。

电脑仍然开着，停留在未完成的论文页面上。一本翻开的书倒扣在电脑旁边。显然，主人并未打算长久离开，他马上就会回来。

姜之悦在海童的床上坐下。一个小时过去了，他没有回来。一夜过去了，他还是没有回来。冥冥之中，姜之悦感到这或许需要她用整个后半生来等待了。

丁老板说，海上搜救队已经停止了寻找，因为谁也不能确定海童就是在海里失踪的。

姜之悦不想说话，但见丁老板满脸愧疚的样子，她还是有气无力地说了一句"我理解"。

其实，从一开始，姜之悦就没有指望搜救，他们又能搜救出什么结果来呢？她不相信海童已经死去，她知道，海童只是消失。消失的海童依然存在着，不在陆地上，而在大海里。从他在医院同那只蓝色海豚毛绒玩具相遇的那一刻起，她就应该明白，海童已经开始离她而去。海童是个极有耐心的孩子，等了二十年才真正离她而去。除了感谢海童这二十年来的陪伴，她还能对他要求些什么呢？

当然，海童给予她的并不仅止于这些，她还在他的身上领悟到了另一种生活，另一种追求。这种追求俨然带着前世的记忆，时时敦促她调整自己前往未来的方向。所谓前进，不该面向过去的倒退吗？海童的生活与追求让她重新体认了生和死，不为生喜，不为死哀，只为存在献出全部的理性和激情。海童的热爱超越了生死，热爱赋予了他永恒，令其在万物中化为生命本身。

站在高高的岬角上，姜之悦俯视着大海，这大海就是海童。他在浪花里，他在海风里，他在每一条鱼的呼吸里。姜之悦最后看了一眼手中的海豚毛绒玩具，它曾经深刻的蓝色已经斑驳，仿佛历尽沧桑。她将它紧紧贴在自己的面颊上，嗅着它的气息，这是海童孩提时的气息，甚至依旧留存着他当时的体温。

再见，海豚。姜之悦一松开双手，它便迫不及待地垂直冲入海里。姜之悦看着它随着海浪沉下，飞快向前游去，向深处游去，它知道海童正在那里等待着它。姜之悦的脸上浮现出久违的微笑。

太阳从云层里挣脱出来，将海面照耀得如同一片雪原，姜之悦蓦然瞥见海童巨大的笑颜映现其中，好似从天空投射下的云影。姜之悦仰头望去，一片孤单的白云确实正在朝她微笑。

再见，海童。

直到海心在纽约举办完画展，姜之悦才把海童失踪的消息告诉了她。她让海心不要难过，说海童只是失踪而已，并非死亡。姜之悦的语气相当平静，就像告诉她海童仅仅是出了远门。这平静的语气令海心感到意外和担心，她当即决定马上回到母亲身边。

看见已能在地上自由奔跑的童心，姜之悦不禁想起海童初次见到童心时的情形，泪水潸然而落。这是她替海童留下的眼泪。

"妈妈，我和大卫打算以后在滨城定居，在这里的海边开家画廊。"海心说。

"为什么要在滨城？"

"大卫喜欢滨城，我更是，我想接着画这里的海。"

"欢迎你们，只要不是为了我就好。"姜之悦欣赏着童心闪闪发亮的眸子，海童的眼睛里始终就闪烁着这样的光芒。"对我来说，滨城就是海童。"她说。

"滨城是我们永远的家。"

看不见海童，却可以随时看见海心，看见童心，姜之悦似乎从未得到过这么大的慰藉。海童的确没有带走什么，相反，他为她留下了更多宝贵的东西。现在，就连丛志也整天待在了家里。但这却使她非常的不适应，她早已习惯了他在家里的偶尔出现，以及长久的不出现。

更使姜之悦感到别扭的是，丛志竟然开始买菜做饭、料理家务了。当然，买回来的菜仍是那么的差劲，做出来的饭也仍是难以下咽，家务也仍是需要她返工。

"你干吗不出差去呀？"她问。她不需要他的陪伴，她没有他想象的那么脆弱。

"我失业了。"他说，"暂时的。"

丛志的公司法人因涉嫌侵犯知识产权和偷税漏税已被刑拘，目前整个公司处于停业整顿状态，前程未卜。听律师的意思，公司十有八九是经营不下去了。丛志也在尝试重新就业，但他发现自己的年龄竟然到了让他尴尬的地步。

深夜醒来，姜之悦再也回不到令她欢欣的梦里，窗外的树叶在微风中喃喃低语。她没有听到丛志的鼾声，这意味着他也醒着。她翻了一个身，背对

尾声

着丛志。

"你还爱我吗？"丛志突兀的声音在这静谧的夜里听来有如诗朗诵，带着毋庸置疑的底气。

"爱有那么重要吗？好好活着就行啦。"说完，她忍不住想笑。

丛志没再说什么，只是喘了几口粗气，然后便是鼾声如雷。这雷声很快也把姜之悦送进了梦乡。

为了不让丛志买菜做饭，姜之悦只好尽量早起，可是丛志每次都比她起得更早。

"买菜做饭这事就交给更擅长的人吧，你还是把心思都用在找工作上，好吗？"姜之悦无可奈何地说道。

"放心，我可不是吃软饭的男人。"

"我不是这个意思。"

"我也没别的意思，我就是想让你尽快把博士论文写完。"

"谢谢，已经差不多写完了。"

"那好，下个月你就该放暑假了，咱们去新疆旅行吧。"

新疆？哦，她几乎忘了还有新疆这个曾经诱惑过她青春的地方。"不，我哪儿也不想去，我只想待在滨城。"她说。

"之悦，你变了。"

"这叫成长。"她说。

"看来我就没怎么成长。"

"不，你显然开始成长了。"她说。只是，想到为成长支付的那些代价，她心里涌出的是一阵酸楚。

丛志出去参加招聘面试了，难得她一个人在家，姜之悦坐在海童的床上，望着窗外那排正在由红变绿的石楠，发了一个上午的呆。忽然，她想为海童写点什么。于是，她回到卧室，从抽屉里翻出自己的日记本。她想先重温一下自己为海童记录下的那些点点滴滴，打开日记本，却吃惊地发现，她最后一篇日记定格在了这一天：

1997年9月20日 小雨

宝贝，预产期已经到了，你怎么还不出来呢？你知道妈妈有多想见你吗？难道你就不想见妈妈吗？

妈妈给你准备了漂亮的小衣服，还有带旋转木马的婴儿床。

此刻，妈妈就坐在你的房间里，你的房间被爸爸粉刷成了绿色，墙上有星星和月亮形状的壁灯，漂亮极了！妈妈猜你一定会喜欢的。

你的窗外有一排石楠，春天是红色的，像一簇簇火焰，到了夏天就变成绿油油的啦，跟你的房间一样。有时会产生一种错觉，以为它们就长在你的房间里。

你的房间里没人的时候，窗台上会栖满喜鹊和麻雀，叽叽喳喳个不停，像是在开会。只要我一进来，它们立刻就散会……

2020.5.24—2020.8.26 威海远遥

后记

这是我的第五部长篇小说,也是其中最短的一部。

以往写长篇,总是想着如何写长,这次写作的情境却大不同,总在琢磨着如何写短,尽可能的短。不知为何,时间之于我似乎发生了某种实质性的变化,让我看到了时间的尽头。于是,我开始充分感受时间的重量。这重量没能使我沉沦,相反,它赋予我的竟是挣扎向上的力量,长度因此不再是我关心的事情,重量仿佛仅有厚度和宽度。

我的窗外是一片湛蓝的海,它成了我生活里不可分割的一部分。海水漫涌入我的房间,我置身在海里,这里只有空间,没有时间。所以,不用惧怕生死,所有的选择仅限于方向,或许,还有姿态。正是方向和姿态决定了我存在的方式:面对还是逃避?

因为失却了时间的掌控,未来即是单纯的方向,已然没有进化论的道德意义。因此,无论面对还是逃避,我唯有自由的真理可循。即便整整一天的看海发呆,我亦用足够的认真来对待。发呆幸福是我最真实的自由。

身体舒展在月光笼罩的大海里,我接近的是永恒,永恒在纵深处召唤着我。然而，意识里的回忆同样在召唤着我。我转过头去，望见岸上的灯火，此刻，那灯火便是我的自由。随即，我中止前行，选择了撤退。我知道，如果有一天我在海的纵深处看到灯火，我的自由就将得以永恒。

曾经以为，自由总要通过成长方能获得，后来发现，被时间囚禁着的成长又何以可能？对于囚徒而言，自由永远是等待被占有的对象，而自由却永远无法被占有。事实是，谁占有自由，谁必将无法自由。当然，囚徒也可以是自由的，只要他的心灵不被占有的欲望所禁锢。

毫无疑问，海童是自由的，因为海童在时间之外，他没有大多数人那种时间性的焦虑。海童的成长是自由的成长，而非成长的自由，他的自由不在未来的某个时间点，以致需要借助成长才可获得。他的孤独就是他的自由，孤独令其听见自我的回声，他的自我从容承当起自由。人们尽可以将海童排除在正常生活之外，海童压根就拒绝所谓正常的生活，这种生活里罕有海童想要的自由。

当姜之悦不再把海童视作一个不正常的孩子时，这意味着姜之悦终于拥有了自由的体验，能够在自我的迷途中安心思考个人未来的方向。也恰是从这一刻起，姜之悦领会了爱的真谛：自由是爱的母亲。作为海童的母亲，姜之悦必须懂得尊重海童的自由。爱与自由启示了姜之悦谦逊的能力，她认识到，自己虽是海童的母亲，但海童并不属于自己。母亲这一身份不是为了使她走向孩子，而是为了使她走向自己。

不断走向自己的姜之悦彻底得以摆脱时间的压力，她甚至洞见到生死界限在存在那里的逐渐消弭。爱是不死的，自由是不死的，故此消失在大海里的海童也是不会死的。毕竟，她的儿子乃是有着爱和自由属性的灵魂。

母爱是爱，更是感激。姜之悦感激她的孩子。

这部作品的灵感源自我十年旅居威海的生活，昼夜同大海相伴的日子，深化了我在孤独之中的自由体验，进而也升华了我的文学体验，并促使我对自己既往的写作风格进行了一次毫不迟疑的背叛。我之所以初次敢于借用女性的视角进入这个故事，也正是基于大海以母性方式教我品识到的爱与自由的智慧。我相信自己可以凭借这种智慧相对正确地贴近女性的世界，至少，不会有太大的偏差吧。

衷心感谢这片北方的海，我很是愿意将这部长篇小说献给它，以回报它于其中处处皆可被听闻的动人涛声。

2020.10.20　北京格尔斋